LAVANDE, SAVONS ET CALISSONS

CRIME À LA SAVONNERIE

MARGOT
ET JEAN LE MOAL

LAVANDE, SAVONS ET CALISSONS

CRIME À LA SAVONNERIE

CALMANN
LEVY

COUVERTURE
Maquette et illustration : Raphaëlle Faguer

ISBN 978-2-7021-9288-7

À Irène et Jean-Louis
À tous les artisans qui font vivre la tradition
À Marcel Pagnol qui a enchanté notre enfance
avec sa Provence

1.

Salon-de-Provence – mardi 12 mai

Un air de printemps flottait sur Salon-de-Provence. Les plus enthousiastes et imaginatifs y avaient détecté les senteurs des collines en fleurs : un mélange de sarriette, de romarin et d'une pointe de marjolaine. Les premiers rayons du soleil illuminaient les façades ocre se déclinant de nuances jaune pâle à des teintes terre de sienne. Une nouvelle journée se levait sur cet écrin de la Provence.

Le sourire aux lèvres, Irène Charmette profitait de l'arrivée tant attendue des beaux jours pour flâner dans le centre. Après une seconde d'hésitation, elle s'accorda une pause dans un bar de la place Crousillat, connue par tous les Salonais comme la place de la Fontaine Moussue. Ses enfants avaient pris leur envol hors du nid familial et elle pouvait maintenant disposer de son temps, ou tout du moins du temps que lui laissaient ses activités professionnelles.

Installée en terrasse, elle ferma les yeux et apprécia le moment présent : la douceur de l'air, la suave odeur du café fraîchement moulu, la discussion enflammée d'un groupe de retraités matinaux qui n'arrivaient pas à couvrir le pépiement des oiseaux nichés dans les branches de platanes centenaires. Elle oublia un instant les soucis quotidiens de son travail. Un travail, mais aussi une passion qui la portait depuis plusieurs années. Elle commanda un expresso et ne résista pas à l'appel d'un croissant au beurre proposé par une serveuse à l'accent chantant. Quand on s'offre une récréation, inutile de s'imposer des contraintes ! Puis, une fois ses sens apaisés, elle quitta le bar, salua au passage la fontaine qui dispensait son eau depuis plus de deux siècles et longea la place du Général-de-Gaulle avant de se diriger vers la rue Félix-Pyat.

Irène Charmette s'arrêta devant une ancienne bâtisse en briques qui avait accueilli l'usine de savons de Marseille Garlaban durant de nombreuses années. Cinq ans plus tôt, une nouvelle usine plus moderne avait été construite dans la périphérie de Salon et toute la production y avait été transférée. Mais pour ses propriétaires, pas question d'abandonner ce site mythique qui racontait cent ans de labeur et d'innovation ! Chargés de magie, les murs avaient vu passer des centaines d'ouvriers, besognant au-dessus des chaudrons bouillonnants, mais si fiers de leur métier et de leur savoir-faire. Les parois exhalaient encore les fragrances de l'emblématique savon de Marseille. C'est donc tout naturellement qu'après un siècle de bons et loyaux services, cette savonnerie avait été transformée en musée. Une plongée dans une page de l'histoire de Salon-de-Provence.

Le sourire d'Irène s'effaça lorsqu'elle remarqua la porte ouverte. Les employés n'étaient pas censés arriver avant une bonne heure. Inquiète, elle vérifia la serrure : aucune trace d'effraction. Elle pénétra dans la grande salle qui accueillait maintenant un magasin. Regard panoramique sur les rayons : rien ne semblait en désordre. Puis elle s'approcha de la caisse. Elle était vidée chaque soir, mais les éventuels malfrats ou drogués ne détenaient pas cette information. Si Salon ressemblait par endroits à un village de carte postale, la réalité n'était pas aussi idyllique. Comme dans toutes les villes de France, la délinquance portée par le trafic de stupéfiants prenait son essor. Mais on ne se shootait pas avec un savon de Marseille ni avec une savonnette, fût-elle parfumée à la rose de Grasse ! La vue de la caisse indemne la tranquillisa : inutile d'appeler la police. Elle avait déjà assez de problèmes administratifs à gérer comme ça.

Mais pourquoi diable cette porte était-elle restée ouverte ? Elle se remémora la journée de la veille. C'était Julie, une employée particulièrement précautionneuse, qui avait assuré la fermeture. La jeune vendeuse avait rejoint l'équipe deux ans auparavant et faisait l'unanimité. Et Julie était le genre de personne à vérifier trois fois que tout était en ordre si le moindre doute persistait.

Irène haussa les épaules. Elles en discuteraient ensemble avant l'arrivée des clients. Elle fit un tour complet des rayons où s'entassaient savons et produits d'hygiène divers et variés, mais rien ne semblait manquer, c'était le principal. Elle pouvait donc se consacrer à la tâche prévue ce matin : organiser une visite pour M. Kim, un VIP de Provence Forever, une agence de voyages bien implantée en Asie du Sud-est. Les Coréens, tout comme les Taïwanais, raffolaient de ce genre de soins de beauté. Ces savons et crèmes confectionnés selon des recettes ancestrales avec des bases naturelles et biologiques représentaient pour eux le *nec plus ultra* de la qualité et du savoir-vivre à la française.

Elle se souvint des échanges tenus un an plus tôt à Séoul avec Mme Cha. Cha Ye-jin était une influenceuse célèbre dans le milieu coréen de la mode. Irène et Ye-jin avaient sympathisé au cours d'un gala. Même si la Française se débrouillait en anglais, les années parisiennes de Cha Ye-jin avaient facilité la communication. Un nombre incalculable de cocktails avait scellé leur amitié. Après une nuit réparatrice et quelques aspirines, le sens des affaires des deux femmes avait pris le relais. Ye-jin avait révélé à Irène l'art du *layering*, la subtile application des sept à neuf produits qui offrent un sublime maquillage. Cette technique avait d'abord surpris Irène qui se contentait d'un nettoyage au savon de Marseille puis d'une couche de lait pour visage ou de crème solaire, selon la vigueur du soleil provençal. La Française avait alors décrit avec amour et passion la qualité de ses créations et leurs bienfaits. Un an plus tard, une fructueuse coopération allait naître.

Le rendez-vous avec M. Kim était fixé à quatorze heures. Tout devait être parfait pour le recevoir. Cha Ye-jin s'apprêtait à lancer sa nouvelle collection de maquillage *Douce France*. Visiter l'usine historique donnerait à ses clientes fortunées l'impression de plonger dans l'âme de la France. Un marché gagnant-gagnant qui réjouissait les deux *businesswomen* ! Bon, assez rêvassé. Irène devait s'assurer que la poussière des salles du musée n'incommoderait pas M. Kim : un peu de poussière, c'est de la patine, trop, c'est de la saleté.

Une large porte en bois usée par les années séparait le magasin des principales pièces de l'usine historique. La première avait été aménagée en lieu d'accueil. C'est là que le guide recevait les visiteurs ; une sorte de sas entre la chaleur de la rue et la mystérieuse pénombre de la salle des chaudrons. On enchaînait par un cabinet des curiosités offrant aux regards mille objets sur le thème du savon. Une massive bibliothèque récupérée dans un manoir des Alpilles renfermait d'anciens ouvrages chinés depuis des décennies. Irène Charmette en avait feuilleté quelques-uns. Des traités sur l'hygiène, des opuscules sur l'histoire de la Provence, un recueil de poèmes de Frédéric Mistral et même un essai de 1932 du commandant Charles de Gaulle. Elle avait vite abandonné l'idée d'en faire un inventaire exhaustif. Cette collection conférait à la pièce le côté authentique qu'elle recherchait et c'était bien suffisant. Suivaient les salles dans lesquelles on dévoilait au visiteur l'art et la manière de réaliser un savon d'exception à la mode marseillaise.

Irène introduisit sa clé dans la serrure. La porte était déjà ouverte, elle aussi ! Décidément, il y aurait une enquête à mener.

Les rayons du soleil se faufilant à travers les persiennes éclairaient faiblement la pièce. Elle se dirigea d'un pas décidé vers la première fenêtre, souleva l'espagnolette et, dans un grincement déchirant, repoussa les volets. Enfin, on allait y voir quelque chose ! Elle se retourna pour répéter l'opération, mais se figea. Devant elle, une forme étendue sur le sol. Pas une forme, un corps ! Mais que se passait-il dans cette usine ? Qui était venu s'enfermer ici pour cuver son alcool ? Ou pire, se faire un fix ? La situation devenait préoccupante. Devait-elle s'enfuir et appeler la police ? Tremblante, elle s'approcha lentement de l'indésirable.

Soulagée, elle reconnut la chevelure blonde et ébouriffée du dormeur. Matthias, le guide qu'elle avait récemment embauché, était allongé sur le côté. Et quel guide ! Il enchantait les touristes qui en redemandaient. Mais cela n'expliquait nullement sa présence à huit heures du matin alors que la première visite commençait à dix heures. Elle se pencha sur lui et le secoua doucement : « Matthias, levez-vous ! » Mais il n'y eut pas de réaction. Elle le remua plus énergiquement, sans plus de succès. À la surprise succédèrent l'agacement, puis l'inquiétude. Elle le déplaça précautionneusement sur le dos. Ses yeux bleus grands ouverts la fixaient. Elle posa ses mains sur sa poitrine pour tenter un massage cardiaque, mais les retira aussitôt, poisseuses. Poisseuses et sombres. Stupeur, tremblements et hurlements ! Son employé gisait sur le sol, poignardé et bien mort.

2.
Agitation – 12 mai

La rue Félix-Pyat avait rarement connu une telle animation. De la rubalise jaune interdisait l'accès à la savonnerie. Quelques curieux avaient réussi à jeter un œil par la fenêtre avant qu'un gardien de la paix ne les repousse et referme les volets. De là à dire qu'il leur avait gâché le plaisir, il n'y avait qu'un pas à franchir ! L'arrivée des fonctionnaires en blanc de la police scientifique avait relancé les supputations. On ne parlait plus d'un simple vol, mais d'un crime. L'histoire n'en devenait que plus intéressante !

— Donc, vous employiez la victime. Brossez-nous son portrait, puis nous irons faire un tour des lieux dès que la scientifique aura terminé.

Assise sur une chaise dans le petit bureau où elle tenait sa comptabilité, Irène Charmette tentait de se remettre de sa frayeur. En fait, elle avait tout juste retrouvé l'usage de ses membres et de la parole. Deux policiers en civil lui faisaient face. Un homme, la cinquantaine, tignasse blonde et carrure de rugbyman : le responsable de l'enquête, sûr de lui, voire poseur. À ses côtés, une jeune femme sans doute fraîchement émoulue de l'école.

Brune, le teint mat, les yeux noirs et le regard vif, elle supportait avec un calme apparent les remarques de son supérieur hiérarchique. Une tablette en main, elle notait les réponses aux questions directes de son chef.

— La victime… C'est affreux d'utiliser ce mot pour ce pauvre Matthias.

— Madame Charmette, je ne vous demande pas de vous épancher, mais de nous donner des faits.

— Oh, ça va, s'énerva Irène d'un ton suraigu. Vous avez peut-être l'habitude de marcher sur un cadavre à chaque coin de rue, mais pas moi. Alors oui, excusez-moi de me désoler de ce qui est arrivé à ce pauvre Matthias. Il est mort, nom de nom !

Le capitaine Éric Lebrun ne répliqua pas. S'il pouvait parfois se comporter de manière rustre, il avait assez d'expérience pour anticiper les réactions des témoins d'un meurtre. La femme avait besoin d'évacuer son traumatisme, il la laissa pleurer. Comme elle cherchait à s'essuyer les yeux, Margot Garcia lui tendit un mouchoir en papier. Irène l'accepta avec un sourire triste et reprit :

— Vous ne pouvez pas imaginer le choc. Quelle horreur ! Qui a été assez cruel pour tuer ce garçon si joyeux ?

— Votre collaboration concourra à trouver son assassin, la relança Lebrun.

— Je vais faire mon possible pour vous aider.

— Alors parlez-nous de Matthias, si vous le voulez bien.

Irène renifla une dernière fois et se lança.

— J'ai embauché Matthias Venasque il y a trois semaines, même si on a tous l'impression qu'il est parmi nous depuis bien plus longtemps. Le précédent responsable de l'animation du musée m'avait fait faux bond et je devais à tout prix le remplacer. Il a juste démissionné par SMS, voyez la conscience professionnelle ! Le soir même, j'avais donc punaisé une affiche sur la porte, sans trop y croire. Et le lendemain, à l'ouverture, Matthias s'est présenté. Je lui ai fait passer un entretien et je l'ai engagé sur-le-champ. Trouver du personnel, ce n'est pas simple. Le garder non plus, d'ailleurs. Mais là, c'était le ciel qui me l'envoyait !

— Qu'avait-il de si particulier ?

— D'après ce qu'il m'a affirmé, il a fait des études de communication. Je ne suis pas allée vérifier, mais ce qui est certain, c'est qu'il appartient à une compagnie de théâtre. Et il est doué, très doué. Il fallait le voir avec les visiteurs ! Avec ses histoires, il a un don pour les emmener dans un magnifique voyage. À la fin des visites, tous… enfin, surtout toutes lui demandent de poser pour des selfies. Une vraie star ! Et un garçon séduisant. Grâce à lui, les ventes de la boutique ont augmenté de manière significative.

— Lui connaissiez-vous des ennemis ?

— Des ennemis ? Comment ne pas s'entendre avec lui ? Il sème la bonne humeur. Je peux vous assurer qu'il a du succès auprès de mes vendeuses. Mais il parle peu de sa vie privée. Et puis, même si je l'apprécie, nous avons tout de même une relation employeuse-employé, expliqua Irène qui ne réussissait pas à évoquer la jeune victime au passé.

— Savez-vous où il loge ?

— Il m'a donné une adresse à Salon. Je sais aussi qu'il descend régulièrement à Marseille les week-ends. C'est un supporter acharné de l'OM, comme beaucoup ici. Je crois que sa mère habite là-bas.

La tête d'un gardien de la paix apparut dans l'encadrement de la porte.

— Capitaine, la scientifique a terminé son boulot. Vous pouvez accéder à la scène de crime.

Son musée, une scène de crime ! se désespéra Irène en se levant avec peine pour suivre les policiers. Avant d'être interrogée, elle avait eu le temps d'appeler son mari pour qu'il annule la venue de ses employés et qu'il gère au mieux le cas de M. Kim. Ils n'ouvriraient pas aujourd'hui. En arrivant dans la salle où elle avait découvert le corps de Matthias, l'atmosphère lui parut glaciale. La dépouille avait été emmenée, mais elle ne put réprimer un tremblement en remarquant la tache sombre sur le sol.

3.

Interviews – 12 mai

— Alors, lieutenant, qu'est-ce que vous dites de tout ça ?

Négligemment assis sur une chaise, les pieds posés sur son bureau, le capitaine Éric Lebrun mordit fougueusement dans son sandwich en regardant sa protégée. Elle n'était pas mal, la petite Garcia, et pas seulement quand elle portait son tee-shirt moulant. Elle avait rejoint son équipe six mois plus tôt et faisait preuve de sagacité. Mais il lui manquait l'expérience du terrain. Lebrun avait décidé de la prendre sous son aile et de lui apprendre la vie. Enfin… la vie de flic. Plutôt apprécié de ses supérieurs, il faisait tout pour ressembler à son maître : Jean-Paul Belmondo dans *Peur sur la ville*. Santiags aux pieds et inoxydable blouson de cuir endossé même les jours de canicule, il se baladait dans les bars les plus mal famés du coin en regrettant juste de ne pas pouvoir distribuer les gnons aussi facilement que son idole cinématographique. C'est tout du moins ce qu'il racontait, car il était assez intelligent pour calmer le jeu quand il sentait que la situation pouvait dégénérer.

D'un gracieux mouvement de baguettes, Margot Garcia attrapa le dernier sushi de son bento. Elle leva les yeux au plafond dont la peinture s'écaillait, referma sa boîte et, hochant lentement la tête, répondit à la question.

— Étrange affaire, capitaine. Un garçon que tout le monde apprécie est poignardé en pleine nuit dans un lieu totalement improbable. J'ai interrogé Julie Panisse, l'employée qui avait assuré la fermeture la veille au soir. La pauvre petite était effondrée.

Lebrun souleva un sourcil. Margot ne devait pas avoir trois ans de plus que la « pauvre petite ».

— Je l'ai d'abord laissée s'épancher, enchaîna la policière. Une chose est rapidement apparue, c'est qu'elle était clairement accro à lui.

— Vous pensez à une histoire de fesses qui aurait mal tourné ?

— Avez-vous entendu parler de l'amour platonique, capitaine ?

— Évidemment… mais c'est un truc de gonzesse, lâcha Lebrun en haussant les épaules.

Margot Garcia retint son sourire. À peine arrivée, on lui avait glissé que Lebrun laissait de temps à autre échapper des remarques misogynes. Malgré ce défaut, son chef de groupe prenait soin de ses équipiers et elle l'appréciait.

— D'après ce que j'ai compris au détour d'une phrase, précisa Margot, elle a déjà un compagnon.

— Ça n'empêche pas de faire des heures sup avec un autre. Petite leçon au passage : même si elle n'avait pas l'allure d'une cagole, attendez-vous à tout dans le métier, expliqua-t-il d'un ton doctoral.

— Bien, chef, acquiesça Margot sans relever qu'elle avait plus d'expérience de la vie amoureuse des jeunes de son âge que son quinqua de supérieur. Bref, pour revenir à Matthias Venasque, elle ne le rencontrait que dans le cadre professionnel. N'oublions pas qu'il n'était embauché que depuis trois semaines. J'ai ensuite réorienté la conversation sur le meurtre. Julie Panisse est absolument certaine d'avoir fermé les deux portes la veille au soir. Elle m'a emmenée vérifier une boîte à clés cachée au fond du magasin. Ils y gardent toujours un double, en cas de perte. Et là, surprise : elle était vide !

Le capitaine Lebrun se redressa.

— Elle pense que le macchabée les aurait embarquées ?

— Aucune idée, mais ça la troublait. Tout comme Irène Charmette quand on lui a raconté ça. D'après elle, ces clés de secours ne sont qu'exceptionnellement utilisées.

— Considérons l'hypothèse la plus probable, qui est celle de Venasque subtilisant discrètement le trousseau avant de partir. Mais pourquoi ?

— C'est ce que l'on doit comprendre, capitaine. La caisse est relevée tous les soirs, et la victime le savait. De toute façon, la plupart des gens payent maintenant par carte. Il aurait pu piquer des savonnettes, mais même si cela ne fait pas longtemps que je suis arrivée, je n'imagine pas qu'un tel trafic soit rémunérateur. Sauf en période de Covid, peut-être ?

— J'ai coffré il y a une vingtaine d'années des mecs qui revendaient du Chanel tombé du camion, mais pas du savon de Marseille à quelques euros.

— Donc s'il a pris les clés, c'est qu'il comptait revenir dans les locaux de la savonnerie Garlaban hors des horaires d'ouverture. Et pas seul ! Mais que cherchait-il qui mérite de se faire assassiner ?

— Tu vas un peu vite en besogne, gamine !

— Lieutenant, et pas gamine, le contra sèchement Margot.

Si elle se forçait à supporter certaines remarques paternalistes de son chef, pas question d'accepter une relation qui la rabaisse professionnellement.

— Vous allez un peu vite en besogne, lieutenant. J'ai longuement interrogé Mme Charmette, la propriétaire.

— Et vous la suspectez ?

— Elle ?

— Vous venez de m'enseigner qu'il faut s'attendre à tout dans le métier, alors je vous pose la question.

Lebrun ne réagit pas à la pique.

— Non, je ne la suspecte pas. Vous avez vu l'état dans lequel elle était ? Par ailleurs, ce meurtre risque d'avoir un impact sur son commerce.

— Ou d'en faire parler. La concurrence est rude dans ce métier !

— Je n'en sais rien. Je ne la connais pas personnellement, mais ma femme la rencontre régulièrement. Elles sont dans le même club de lecture.

— Dans ce cas…

— Pour revenir à nos moutons, elle ne comprend pas ce qui a pu se passer. La pièce dans laquelle elle a trouvé le corps de son employé a été mise à sac. Comme si l'assassin avait cherché quelque chose…

— Et ne l'avait pas trouvé, s'en prenant alors à Venasque ! On nage dans les suppositions. Comment voulez-vous qu'on oriente l'enquête, capitaine ?

Éric Lebrun se leva et se dirigea vers la cafetière à capsules posée sur une vieille armoire de classement. Si le commissariat datait de moins de trente ans, les budgets affectés à la rénovation étaient perpétuellement repoussés. Ils avaient même du mal à faire changer des ampoules ou réparer des portes. C'est donc sur ses fonds propres qu'il avait acheté cette cafetière qu'il partageait avec les autres officiers de police judiciaire de l'étage.

— Vous devrez vous débrouiller seule sur le terrain. Je n'ai pas assez de gars à mettre en permanence avec vous.

Margot Garcia s'en réjouit intérieurement : elle allait pouvoir faire ses preuves en résolvant son premier homicide. Enfin, elle l'espérait.

— On fera le point deux fois par jour, continua Lebrun. N'hésitez pas non plus à m'appeler si vous souhaitez échanger des informations en urgence. Je gère les relations avec le procureur et le commissaire. On récupérera le rapport du légiste demain et on l'étudiera ensemble.

— Bien, capitaine.

— Je préviendrai aussi les parents de Venasque, ajouta-t-il d'une voix plus basse.

Annoncer à la famille d'une victime le décès de l'un de ses proches faisait partie de son boulot. Malgré les années, il n'avait pas réussi à se blinder devant leur détresse.

— Vous avez leurs coordonnées ?

— Il avait fourni l'adresse de sa mère à Irène Charmette. Quant à vous, mettez toute votre énergie à retracer ses activités au cours du dernier mois. Quand on est un bon garçon, on ne se fait pas percer la poitrine par hasard.

4.

Irène – 12 mai

Le soleil qui se couchait sur les crêtes des Alpilles nimbait le ciel de teintes orangées. Les sommets calcaires se dressaient fièrement sur l'horizon, veillant depuis des siècles sur les villages provençaux.

En s'installant à Salon, les Charmette s'étaient accordé du temps pour choisir la maison de leurs rêves. Ils l'avaient dénichée au nord-ouest de la ville. Un ancien mas qu'ils avaient rénové à leur goût et un grand terrain qui avait subjugué leurs enfants. Aujourd'hui, leurs deux filles travaillaient à l'étranger et seul leur fils François revenait régulièrement à Salon. Une partie de la propriété était recouverte d'oliviers qu'ils exploitaient depuis peu. Après tout, l'huile d'olive n'est-elle pas le produit de base du savon de Marseille ? Tout au fond du jardin coulait une petite rivière au bord de laquelle ils trouvaient un peu de fraîcheur durant les périodes caniculaires. Devant la terrasse, deux platanes centenaires protégeaient les apéritifs partagés régulièrement avec leurs amis et voisins dès que la météo se montrait clémente, soit pratiquement tout l'été.

Ce paysage détendait Irène Charmette après une journée de labeur… mais pas ce soir. La tension n'était pas encore retombée. Elle avait passé la matinée avec la police et l'après-midi à remettre de l'ordre dans les locaux. Quel drame ! Un crime dans une savonnerie, ça sortait des sentiers battus.

Malgré son stress, Irène avait dressé son plan de bataille de reprise des activités. D'un commun accord avec son mari Jean-Louis, ils avaient décidé de fermer le musée au public jusqu'à nouvel ordre. Pas question de surfer sur la mort du pauvre Matthias. Ils assureraient cependant une visite privée pour M. Kim que la nouvelle du meurtre n'avait pas rebuté. Ils avaient hésité, mais comme disent les Américains : *The show must go on !* La situation financière de Garlaban n'était pas assez florissante pour décevoir des clients comme M. Kim et ses touristes du pays du Matin calme. Les clients asiatiques étaient les plus enclins à quitter le magasin d'usine les bras surchargés de produits.

Irène s'installa sur la balancelle offerte par son mari pour ses cinquante ans.

— Blanc ou rouge ? l'interrogea une voix qui sortait de la maison.

— Rosé, bien frais, s'il te plaît !

— Ça m'aurait étonné. J'apporte directement la bouteille, je pense qu'on en aura besoin.

— Tu peux aussi faire réchauffer la pizza ?

— C'est lancé. Encore une petite minute et ce sera prêt.

Irène aperçut la tête de son mari derrière le reflet de la vitre. Ils avaient monté ensemble leur entreprise et si les difficultés avaient parfois conduit à des tensions dans leur couple, ils savaient les résoudre autour de passions communes. Profiter d'une soirée et d'un bon vin des Alpilles faisait partie de leur thérapie.

— Cet après-midi, j'ai contacté maître Jacob pour le tenir au courant de la situation, l'informa Jean-Louis en remplissant un verre dont les parois se couvraient d'une légère couche d'humidité.

— Notre avocat, mais pourquoi ? On est les victimes !

— Évidemment, mais on sera appelés à témoigner pendant l'enquête. Mieux vaut être bien représentés.

— Si tu le dis, concéda Irène en mordant dans une part de pizza aux anchois. Punaise, ça fait du bien !

— Et puis je suis désolé de ne pas avoir pu être à tes côtés ce matin. Je ne pouvais pas lâcher les négociations avec notre fournisseur d'huile. Il en aurait profité pour nous planter dix pour cent d'augmentation dans le dos. Et toi, j'imagine que tu es toujours sous le choc ?

Irène se tourna vers lui, le regard dans le vague et des traces de sauce tomate autour des lèvres. Le visage de Matthias, les yeux ouverts à l'observer sans la voir, allait l'accompagner pendant longtemps. Elle espérait que l'enquête permettrait de coincer rapidement le meurtrier. D'ailleurs… d'ailleurs, elle le connaissait peut-être ! Et s'il s'agissait d'un de leurs proches ? se demanda-t-elle en tremblant.

— Qu'est-ce qui t'arrive ? s'inquiéta son mari en l'enlaçant tendrement.

— Rien… enfin si, mais je suis en train de me faire un film.

— Sur quel scénario ?

— Et si l'assassin travaillait chez nous ?

— Dans les locaux de Garlaban ? Bride ton imagination, chérie. Qui, dans l'usine, aurait eu une raison de trucider un gamin embauché depuis moins d'un mois ? Laissons bosser la police. Tu sais qui est chargé de l'affaire ?

— Éric Lebrun, le mari de mon amie Marie-Angèle.

— Connais pas.

— Mais si, voyons : celle de mon club de lecture qui nous rapporte les romances !

— Ça ne me dit toujours rien.

— Ben, ça fait plaisir de noter que tu m'écoutes quand je te raconte mes soirées ! Je t'en ai parlé pas plus tard qu'hier, s'agaça Irène.

Son épouse reprenait du poil de la bête, et cela rassura Jean-Louis.

— Ah, l'accordéoniste.

— Non, l'organiste ! Mais au moins, tu te souviens que c'est une musicienne.

— Tu vois que je porte de l'attention à tes histoires. Pour en revenir à ce Lebrun, quelle impression t'a-t-il faite ?

— Il joue les cow-boys, mais il n'a pas l'air méchant. Une femme l'accompagnait, une jeune lieutenante dont j'ai oublié le nom… Ou peut-être pas, attends… Elle s'appelle Margot Garcia. Quand elle m'a interrogée, elle était vive et pertinente.

— Reste à espérer qu'ils auront suffisamment de monde pour investiguer.

— Un homicide à Salon qui ne soit pas lié à un trafic de drogue, ça n'arrive pas tous les jours. Et puis, les chaînes de télé suivent l'affaire.

— Mouais, conclut Jean-Louis en haussant les sourcils. La présence de vautours a rarement accéléré l'arrestation d'un tueur.

— Eh bien, on n'a qu'à s'y coller ! lâcha Irène d'un ton déterminé.

— Comment ça, s'y coller ?

— Après tout, le crime a eu lieu chez nous. En enquêtant, on trouvera peut-être des éléments qui aideront la justice.

— Tout doux, miss Marple ! Il s'agit d'un meurtre.

— Évidemment, si on parlait d'un vol de pots de confiture, on ne serait pas en train d'en discuter. Tiens, ressers-moi un verre et va chercher tes lunettes, je vais te montrer les photos que j'ai prises après le départ de la police. Et puis on va rentrer, ça se rafraîchit.

Vaincu par l'énergie retrouvée de sa femme, Jean-Louis s'exécuta.

5.

Fouille – 12 mai

Irène avait téléchargé les photos sur son ordinateur. Elle se connecta à la télévision et les projeta sur le grand écran. Dans le musée, le sol était parsemé d'objets cassés et de vieux livres étalés. Consterné par l'état de la pièce, Jean-Louis secouait lentement la tête.

— Mais pourquoi ont-ils tout saccagé ?

— Soit Matthias et son agresseur cherchaient quelque chose, soit ils se sont battus.

— Je veux bien qu'ils se soient battus à un moment, la triste fin du garçon le prouve. Mais de là à s'envoyer des bouquins à la figure comme dans une scène de ménage ! Et regarde le vaisselier dans lequel on a rangé notre collection de tampons à savons, ils ont tout jeté par terre ! Quel bazar pour la venue de Kim demain…

— Parce que tu crois que j'ai laissé le musée dans cet état ? J'ai tout ramassé : les tampons de marquage des savons et le reste. J'ai tout remis dans le meuble cet après-midi. Julie a même insisté pour m'aider.

— Elle est gentille. Il manquait des tampons ?

— On a bien retrouvé les quatre-vingt-quinze.

— Tu me diras, je ne vois pas pourquoi ils les auraient piqués. Et les livres ?

— Il y en avait partout, comme s'ils s'étaient acharnés dessus !

— C'est incompréhensible ! On ne parle pas des œuvres complètes de La Pléiade ou de la collection d'incunables de Sélestat.

— Exact, ce sont juste des bouquins que nous ont donnés les Larger, trop contents de s'en débarrasser. Sandrine m'avait expliqué qu'elle avait hérité de cette collection d'un arrière-grand-père amoureux des livres. Elle a d'ailleurs été honnête : sa mère avait fait expertiser les ouvrages, ils n'ont qu'une valeur sentimentale. Mais ça rend bien dans le musée.

— Qu'en as-tu fait ?

— J'ai remis à leur place ceux qui n'ont pas trop souffert. J'ai rangé ceux qui étaient trop abîmés dans des cartons récupérés à l'usine. Je les ai rapportés et entreposés dans la chambre de François en attendant de les jeter à la déchetterie.

— Notre fils va être heureux de s'apercevoir que sa chambre sert de dépotoir quand il n'est pas là.

— Écoute, il est absent et ne rentre que le week-end. Et puis faut pas abuser : un léger désordre ne va pas le traumatiser !

— C'est vrai qu'il en faut beaucoup pour le traumatiser… Vous n'avez rien découvert d'autre en rangeant ?

— Qu'est-ce que tu voulais qu'on trouve ? J'ai inspecté sous les meubles pour voir si une pièce à conviction ne s'y serait pas faufilée, comme dans les films. Mais rien…

— Bon, soupira Jean-Louis, on n'a donc plus qu'à laisser faire les flics, en espérant que ta Margot fera preuve d'efficacité.

— Ah non, tu ne penses quand même pas que je vais attendre sans rien faire ! Je veux savoir ce qu'ils cherchaient dans cette pièce, car il est évident qu'ils cherchaient quelque chose. Et je trouverai, même si je dois examiner l'usine brique par brique.

Un long silence suivit l'envolée d'Irène. Sans un mot, Jean-Louis fixa son épouse. Ce qui l'effrayait, c'est qu'il la connaissait assez pour savoir qu'elle serait capable de mettre son projet à exécution. Le tintement du carillon du portail d'entrée les tira de leurs réflexions.

— Qui est-ce que ça peut être à cette heure ? s'étonna Irène.

— Peut-être un de nos voisins. Je vais voir.

Cinq minutes plus tard, Jean-Louis Charmette revint, furieux. Sous le regard interrogateur de sa femme, il jeta :

— Un journaliste ! J'ignore comment il s'est procuré notre adresse, mais le type était insistant. Il avait senti l'odeur du sang médiatique. J'ai fini par le menacer de lâcher les chiens.

— Tu as eu raison. Mais… on n'a que des chats !

6.

Les colocs – mercredi 13 mai

Le lieutenant Margot Garcia avait donné rendez-vous aux deux colocataires de Matthias Venasque. Elle aurait pu les convoquer au commissariat pour les auditionner, mais elle avait préféré les rencontrer dans l'appartement qu'ils avaient partagé avec la victime. Elle avait jugé le cadre moins impressionnant et plus propice aux confidences. À dix heures pétantes, elle sonna. Un grand gaillard, les cheveux en bataille et la barbe clairsemée, lui ouvrit aussitôt, comme s'il attendait juste derrière la porte… ce qui devait d'ailleurs être le cas. Il scruta la policière, surpris. Il n'imaginait sans doute pas devoir s'entretenir avec une jeune femme de vingt-sept ans au physique avenant. Il l'invita à entrer, et un second homme les rejoignit. L'air ailleurs, il observa longuement la nouvelle arrivante sans aménité. Pupilles dilatées, yeux rougis, légère odeur caractéristique qu'une matinée d'aération n'avait pas réussi à chasser : le garçon n'avait pas fumé que des Gitanes durant la nuit. Quand le locataire hirsute lui proposa un café, Margot Garcia hésita un instant puis accepta. Elle avait intérêt à installer un minimum de convivialité si elle souhaitait récupérer quelques informations.

L'appartement où avait vécu Venasque se situait sur le cours Victor-Hugo, non loin de l'Hôtel d'Angleterre. Un quatre-pièces dans un petit immeuble de deux étages à la façade claire et aux volets bleus, un immeuble typiquement provençal comme on en trouvait beaucoup dans le centre de Salon. Chacun des colocs occupait une chambre et ils partageaient le reste de l'habitation. Tandis que celui qui l'avait accueillie apportait les expressos, la fonctionnaire entama la conversation.

— Je suis le lieutenant Garcia.

— Et pas le sergent, gloussa le fumeur. Le regard noir de la policière le retint de pousser plus avant ses tentatives d'humour.

— Ta gueule, Manu, le reprit aussitôt son ami. Madame, enfin le lieutenant, ne s'est pas déplacée pour subir tes blagues pourries.

— Je suis ici pour vous interroger dans le cadre de l'homicide sur la personne de Matthias Venasque.

Quand l'OPJ avait contacté les deux hommes, elle leur avait uniquement signifié qu'elle était à la recherche de Matthias Venasque, porté disparu. Inutile de leur donner le temps de se préparer un éventuel alibi.

— Attendez ! Homicide, ça veut dire que… Matt est mort ?

— Exact, et même qu'il a été assassiné.

La présence de la police dans leur appartement et l'annonce brutale du décès de leur camarade assommèrent les deux colocataires. Margot Garcia installa un enregistreur sur la table basse.

— On est accusés de quelque chose ? s'affola Manu en voyant l'appareil.

— Non, je viens juste prendre votre déposition en tant que témoins. Et si cela peut vous rassurer, je n'appartiens pas à la brigade des stups.

À la fois gêné et soulagé, Manu hocha la tête.

— Messieurs, à qui ai-je l'honneur ?

L'homme qui l'avait accueillie entama les présentations.

— Je m'appelle Hubert Pasmard. J'ai vingt-quatre ans, je suis originaire d'Avignon et je bosse pour la société Michel & fils de Lançon-de-Provence comme ingénieur informaticien. Aujourd'hui, je télétravaille et… euh… que voulez-vous que je vous dise d'autre ?

— Et votre ami qui flirte avec les paradis artificiels ?

Manu la regarda avant de répondre. Cette meuf n'avait aucun sens de l'humour. Ou si elle en avait, il n'était pas compatible avec le sien. Mais même s'il avait plané cette nuit, il avait assez atterri pour comprendre qu'il devait éviter de jouer au mariole. On l'interrogeait dans le cadre d'un meurtre, quand même !

— Emmanuel Grandchamp, mais mes potes m'appellent Manu. Vingt-trois ans et… je suis dans le commerce.

Margot ne s'appesantit pas sur le genre de commerce pratiqué par l'énergumène écroulé dans le canapé.

— Du commerce légal, jugea-t-il bon de préciser. Je travaille comme serveur dans une pizzeria de Salon. Je fais aussi des petits extras dans un bar de la ville, *The Dice.*

La policière irait vérifier s'il avait été arrêté pour trafic de stupéfiants, mais à ce stade, elle n'avait pas grand-chose à lui reprocher.

— Vous pouvez nous expliquer ce qui est arrivé à Matthias ? la relança Hubert Pasmard, encore traumatisé par l'annonce de la flic.

Margot Garcia leur résuma succinctement la situation. Le visage des deux hommes se décomposait au rythme de son récit.

— Matt s'est fait poignarder, s'effondra l'informaticien. Incroyable ! Vous connaissez le salaud qui a fait ça ?

— Si nous le connaissions, je serais en train de lui courir après, pas en train de vous interroger. Parlez-moi de Matthias.

Hubert Pasmard avait pris la direction des opérations. À la fois sous le choc de la nouvelle et sous l'emprise du THC nocturne pas totalement évacué de son organisme, Emmanuel Grandchamp, quant à lui, s'était provisoirement retiré du jeu.

— Matt, ça fait trois mois qu'il s'est installé ici. Il arrivait de Marseille et cherchait à se caser à Salon. C'est un copain qui lui a expliqué qu'on avait une chambre libre. Il a postulé, on l'a trouvé cool et il a intégré l'appart.

— Une question : vous avez un job d'ingénieur et votre ami a plusieurs activités dans… la restauration. Alors, pourquoi êtes-vous encore en colocation ? Vous n'auriez pas les moyens de vous payer plus d'indépendance ou d'intimité ?

— Pourquoi ? J'ai ma piaule, une cuisine, des potes avec qui discuter si j'ai un coup de cafard. Pourquoi voulez-vous qu'on aille louer trois appartements alors qu'un seul suffit ? Enrichir trois proprios et polluer la planète en consommant plus d'énergie ! Faut sauver la planète, lieutenant.

— Matthias Venasque était là pour les mêmes raisons ?

— Matthias, il cherchait juste un endroit où dormir, intervint Manu. Les burgers au tofu ou les pizzas végétariennes, c'était pas son truc. Il aimait la barbaque et la bière, comme moi. Et merde au méthane qui sort du cul des vaches !

Hubert secoua la tête, sans doute habitué aux saillies de son compagnon.

— Pouvez-vous me parler de ses activités, ou tout du moins de ce que vous en savez ?

— Bien sûr. Matthias, c'était un super acteur. Franchement, il partait certains soirs dans des imitations à se taper des barres. Il y a une troupe de théâtre à Salon. Il y a postulé, et on l'a engagé du jour au lendemain. Respect !

— Il gagnait sa vie comme comédien ?

— On voit que vous ne connaissez pas ce milieu, les coupa Manu sans agressivité. C'est sympa le théâtre, mais tu passes plus de temps à courir après les subventions pour mettre ta pièce en scène qu'à la jouer. Au début, il prenait les petits jobs qui se présentaient.

— Il gagnait assez pour payer sa part du loyer ?

— Il nous a jamais plantés. Matt, il cherchait pas les embrouilles. Quand il te promettait quelque chose, il s'y tenait. C'est assez rare de nos jours les gens honnêtes, pas vrai ?

L'OPJ ne savait pas si Emmanuel Grandchamp la provoquait ou pas. Elle ne réagit pas.

— Il avait un peu de fric sur son compte en arrivant, enchaîna Hubert. Il nous l'avait dit au cours de l'entretien. Et puis, il y a trois semaines, il a trouvé ce job à la savonnerie Garlaban. Il l'adorait ! Il avait l'impression d'être sur scène trois fois par jour. Entre son salaire et les pourboires qu'il se faisait, ça lui laissait de quoi vivre décemment.

— Il avait quelqu'un dans sa vie ? Une femme, je veux dire…

— Ou un homme. Vous seriez sexiste, lieutenant… ou lieutenante ? la provoqua Grandchamp.

Margot se retint d'attraper par le col la loque qui lui faisait face et de la secouer. Hubert Pasmard remarqua l'agacement de son interlocutrice et fusilla son ami du regard. Il savait pertinemment qu'une fouille grossière permettrait de découvrir dans la chambre de Manu une collection de produits stupéfiants suffisante pour l'envoyer quelques jours à l'ombre.

— Quand il s'est présenté chez nous, s'empressa-t-il de répondre, il était célib. Et puis, même si on rigolait bien entre nous, il ne parlait jamais de sa vie privée, comme s'il y avait eu pour lui un avant et un après son arrivée à Salon.

— Il n'a jamais évoqué son existence marseillaise en trois mois ?

— Non, sauf pour nous prendre la tête avec le foot quand l'OM passait à la télé, confirma Manu.

— Vous pensez qu'il avait quelque chose à cacher ?

— Du genre… règlement de compte d'un gars qui descend de Marseille, le retrouve et le trucide ?

— Pas à ce point. Mais vous souvenez-vous d'éléments qui pourraient nous aider à cibler la personnalité de Matthias Venasque ?

— Sincèrement, comme vous l'a dit Manu, insista Hubert, Matt, ce n'était pas le mec qui cherchait les embrouilles. C'était un discret, c'est tout. Pour revenir à sa vie amoureuse, on l'a vu changer d'un coup.

— C'est-à-dire ?

— Du jour au lendemain, il n'a pratiquement plus passé une soirée à la maison. Et puis, quand on le questionnait sur le sujet, il prenait des airs mystérieux et éclatait de rire.

— Il avait trouvé une meuf, je vous le confirme, approuva Manu.

— Et vous l'avez rencontrée ? les interrogea la policière, soudain stimulée par cette nouvelle piste. Mordu comme il semblait l'être, Venasque se serait forcément confié à sa dulcinée.

— Jamais, regretta Hubert.

— Moi, je l'ai aperçue, se tâta Manu avant de poursuivre. Il avait compris qu'il avait un peu trop provoqué la flic. S'il lui donnait quelques infos, il pourrait peut-être se la mettre dans la poche.

— Où ça ? réagit instantanément Margot.

— Au *Dice*, où je travaille quelques jours dans la semaine. Au cours du dernier mois, Matthias y est régulièrement passé.

— Tu ne m'avais pas raconté ça, mon cochon ! Je serais venu boire un verre avec vous. Merci les copains !

— J'étais de service. Et puis c'est pas avec moi qu'il s'envoyait ses Coca ! Un soir, donc, il s'est pointé avec une fille. Ils se connaissaient, c'est évident.

— Pouvez-vous me la décrire ?

— Vous savez, il faisait assez sombre. Et puis, c'était pas la partie de la salle où je bossais. Comment vous dire ? Blonde, grande et fringues assez vulgaires. Pas vraiment une cagole, mais quand même assez chaudasse.

— C'est-à-dire ? s'enquit Margot en se demandant quels étaient les critères de Manu Grandchamp.

— Short court, collants imprimés, un pull qui te balance sa paire de seins au visage.

— La lumière était tamisée, mais je note que vous avez une bonne vue. Et les traits du visage ?

— Désolé, mais je ne les ai pas remarqués... juste blonde... avec des couettes.

La policière haussa imperceptiblement les épaules. Elle s'évita quelques commentaires personnels qui n'auraient rien apporté à ses investigations.

— Si vous voulez en savoir plus, vous pouvez aller au *Dice*. Adressez-vous à mon pote Baptiste, c'est lui qui assure le service de la table où elle a fait son apparition. Dites-lui que vous venez de ma part. On fait des affaires ensemble, il vous répondra.

— Je prends acte, monsieur Grandchamp, le remercia l'OPJ en gardant dans un coin de la tête qu'il lui faudrait discuter des activités du *Dice* avec ses collègues des stups. D'autres éléments qui pourraient m'aider dans mon enquête ?

Hubert hésita un instant et se lança.

— Depuis une semaine, il était soucieux.

— Comment ça ? Il vous a dit quelque chose de particulier ?

— Non... mais j'étais en télétravail et je le sentais nerveux. Deux ou trois fois, il s'est éclipsé dans sa chambre alors qu'il recevait des appels.

— Il avait peut-être besoin d'intimité. Il n'avait sans doute pas envie d'étaler ses émois amoureux à vos oreilles.

— C'est pas ça, j'en suis sûr. Quand il raccrochait, il avait l'air drôlement inquiet. Avant-hier, j'ai essayé de lui en parler, mais il m'a envoyé balader. Ça ne s'était jamais produit en trois mois. Je ne sais pas si ça a un rapport avec ce qui lui est arrivé, mais si c'est le cas, je m'en voudrai toujours de ne pas avoir insisté pour qu'il se confie.

Ça y est, elle tenait son premier élément. Matthias Venasque avait eu des problèmes, mais lesquels ?

— Monsieur Grandchamp, avez-vous aussi remarqué un changement de comportement de votre ami ?

— Non. Faut dire que j'ai été super occupé ces derniers jours. J'ai passé le week-end dans un food-truck à Marseille et j'ai fait des heures sup au *Dice*. Mais si j'avais appris que Matt avait des ennuis, j'aurais tout fait pour l'aider à s'en sortir.

7.
Monsieur Kim – 13 mai

Kim Jung-woo, le représentant coréen du groupe Provence Forever, se dirigeait vers le parking. Il s'arrêta un instant et se retourna pour attendre sa collaboratrice qui réglait la note. Kim Tae-hee lui était devenue indispensable : tandis que lui s'occupait des relations publiques, sa fille gérait toute la logistique. Ils formaient une excellente équipe.

Il admira une nouvelle fois l'hôtel qu'il venait de sélectionner pour ses futurs clients. Construit dans une abbaye du XIIe siècle, il plongerait les Coréens dans un monde parallèle, un monde de rêve. Positionné sur les hauteurs de Salon-de-Provence au milieu de la garrigue, il offrait une vue magnifique sur les Alpilles. De plus, se prélasser dans la piscine relaxerait ses compatriotes après une journée d'excursion. Il avait négocié des tarifs intéressants qui lui laisseraient un confortable bénéfice sur les voyages qu'il organisait. Des voyages qui s'arracheraient à coup sûr comme des petits pains, ou comme du kimchi.

À l'ombre d'un if artistiquement taillé, Jean-Louis Charmette attendait que le père et la fille le rejoignent pour réaliser la visite du musée et de l'usine. La mort de Matthias l'avait ébranlé, mais ce rendez-vous était organisé depuis trois mois. Il ne pouvait pas se permettre de le repousser. D'autant plus que Tae-hee, non contente d'accompagner son père lors de certains repérages à l'étranger, était aussi une collaboratrice proche de Cha Ye-jin qui allait bientôt lancer sa collection Douce France avec les produits fabriqués par Garlaban. Ce projet représentait une part significative de leur futur chiffre d'affaires et de leur développement.

Le savonnier avait spécialement fait laver sa voiture avant de venir chercher les Coréens. Voir sa Peugeot couverte de la poussière des collines ne le dérangeait pas, mais il savait que la propreté d'un véhicule comptait pour ses partenaires. Il avait exceptionnellement payé le supplément « polish » pour qu'elle scintille de mille feux ainsi que l'option nettoyage « aspirateur grand luxe ». Jamais sa voiture n'avait été aussi rutilante, sauf peut-être le jour de la sortie d'usine.

Pour accueillir et saluer l'homme et la femme tirés à quatre épingles, il se courba légèrement.

— Monsieur Kim, *annyeong-hashimnikka ?*

— Bonjour, monsieur Charmette. Je me porte très bien. Et vous, êtes-vous en paix ?

— Tout va bien, merci, répondit poliment Jean-Louis en admirant la maîtrise du français de son interlocuteur.

Puis il se tourna vers Kim Tae-hee. Même si elle était plus jeune, il la traita de façon identique.

— Mademoiselle Kim, *annyeong-hashimnikka ?*

La Coréenne apprécia la marque de respect et lui rendit sa salutation avec un grand sourire et un français tout aussi fluide. Ils s'installèrent dans la voiture.

— La journée commence bien, entama M. Kim. Cet hôtel est splendide et ses propriétaires ont le sens des affaires. Il n'est pas toujours simple de négocier avec des Français, mais là, ils ont été parfaits !

Le directeur de la savonnerie s'amusa intérieurement. Le vieux renard posait déjà ses premières briques pour un futur marchandage. Le Français travaillait depuis plus de dix ans avec l'Asie. Si les premières discussions l'avaient pris de court, il connaissait maintenant les étapes à suivre et les écueils à éviter.

— Ma femme Irène nous attend rue Félix-Pyat. Elle animera la visite de notre petit musée et répondra à toutes vos questions. Nous déjeunerons ensuite ensemble. Nous avons récemment découvert un restaurant typique où la cheffe cuisine au gré des produits qu'elle trouve le matin même sur les marchés de Salon.

Comme son père fronçait les sourcils en entendant « la cheffe », Kim Tae-hee réagit à sa place.

— C'est avec une grande joie que nous acceptons votre invitation, n'est-ce pas, papa ? À la maison, les plats de maman sont toujours meilleurs que les tiens.

Un sourire éclaira le visage de M. Kim. Il ne pouvait rien refuser à Tae-hee, pour la simple raison que tout ce qu'elle entreprenait avait un sens et se transformait en succès. Mais surtout parce qu'il aimait sa fille unique plus que ce que les conventions imposaient…

— Votre choix est forcément excellent, monsieur Charmette, confirma M. Kim. Quand visiterons-nous votre usine moderne où se déroulera la fabrication ?

— Juste après le repas. Elle se situe en périphérie de la ville. Vous pourrez découvrir le processus de fabrication complet.

— M'autoriserez-vous à prendre des photos ? s'enquit mademoiselle Kim. Mme Cha m'a demandé de lui expliquer par le menu comment seront élaborés les produits qu'elle a commencé à marketer. Elle vous en serait infiniment reconnaissante.

Même s'il connaissait la capacité de certains partenaires à imiter leurs recettes et méthodes, il accepta avec grâce. La campagne de Cha Ye-jin s'axait sur des crèmes et savons réalisés en France à partir d'ingrédients français de qualité. Les copier dans des usines asiatiques aurait été catastrophique. Ses clientes et ses clients payaient pour s'offrir le meilleur du soin de beauté. Et la provenance « France » était un important principe actif.

Jean-Louis Charmette se gara directement dans la rue Félix-Pyat. Des curieux, au courant du drame de la veille, tentaient sans succès de glaner quelques informations. Le magasin et le musée étaient toujours fermés et son épouse les attendait devant la porte d'entrée. M. Kim la salua protocolairement. Mlle Kim, à la grande surprise de son père et des Français, s'approcha d'Irène pour l'embrasser. Tellement inhabituel pour une Coréenne !

— Je ne sais jamais s'il faut faire deux bises, trois ou quatre. Et s'il faut commencer par la joue gauche ou la joue droite. C'est plus simple de se saluer de loin, s'amusa-t-elle, mais moins amical.

— Il n'y a pas vraiment de règles. En général, c'est deux, mais dans la région, ça monte parfois à trois. Ça dépend des gens…

— Et pour le côté ?

— Regardez ce que fait la personne en face de vous… mais ici, on commence par la gauche.

— Alors, va pour trois en commençant par la gauche.

Elle effleura les joues de son hôtesse : pas question d'abîmer son maquillage !

Irène referma la porte principale derrière eux. Ils bifurquèrent ensuite sur la droite et pénétrèrent dans le musée. Elle avait laissé les volets ouverts pour profiter de la lumière du jour. Non sans émotion, elle leur présenta son cabinet des curiosités et leur raconta l'histoire de la famille qui avait créé cette usine un siècle plus tôt, aujourd'hui transformée en lieu de mémoire. Puis elle leur montra les chaudrons dans lesquels les maîtres savonniers faisaient bouillir le mélange d'huile, de soude et de sel, le goûtant régulièrement pour s'assurer de son degré de finition. Mlle Kim photographiait chacune des étapes, préparant un dossier complet pour sa patronne.

À la fin de la visite, M. Kim s'arrêta et regarda autour de lui.

— C'est ici ? demanda-t-il crûment.

— Ici que ? questionna Irène qui avait peur de comprendre.

— Ici que le meurtre a eu lieu.

— Dans cette pièce, oui.

— Pouvez-vous me désigner l'endroit exact où vous avez découvert le corps ?

Irène se retourna vers Jean-Louis qui hésita, puis finit par hocher la tête.

— Notre collaborateur Matthias Venasque était allongé ici, lâcha-t-elle en pointant du doigt le sol encore légèrement assombri par le sang qu'elle n'avait pas réussi à faire totalement disparaître malgré un frottage énergique.

M. Kim s'accroupit, observa attentivement les traces et se releva.

— Je suis certain que la plupart de nos clients ne se sont jamais retrouvés sur une scène de crime. Nous pourrons raconter une histoire qui les passionnera et les fera frissonner.

Irène ne put réprimer sa colère.

— Je suis désolée, monsieur Kim, mais pas question d'utiliser ce drame pour faire du marketing !

Le Coréen sursauta, surpris par la véhémence du propos. Avant qu'il ne réagisse, Kim Tae-hee prit la parole.

— Je suis d'accord avec Irènc. Pour la gamme Douce France, nous promouvons de la qualité, du glamour et de la douceur, pas de la violence.

Elle leva quelques instants les yeux au plafond avant de poursuivre :

— J'ai rapporté hier à Mme Cha les événements terribles qui se sont déroulés dans votre usine et le décès de votre collaborateur. Elle vous transmet ses sincères condoléances, cet accident l'a chagrinée.

Les Charmette n'interrompirent pas la jeune femme, mais attendirent qu'elle précise la raison de cet inquiétant chagrin.

— Acheter une gamme de soins de beauté produits dans des locaux où rôde peut-être un assassin pourrait rebuter certains acheteurs. Mme Cha a beaucoup d'influence en Corée, mais la compétition est rude. Si jamais la nouvelle du meurtre parvenait à leurs oreilles, soyez certains que nos concurrents mettraient tout en œuvre pour décrédibiliser la collection Douce France.

À mots choisis, Kim Tae-hee venait de signifier que le lancement dont dépendait une partie de la croissance de

Garlaban risquait, dans le meilleur des cas, d'être décalé si le tueur n'était pas rapidement arrêté… et au pire, de ne jamais voir le jour. Les Charmette ne doutaient pas un instant que les concurrents de Cha Ye-jin disposeraient un jour de l'information. Ce n'était qu'une question de temps. La femme d'affaires ne compromettrait pas sa carrière et le reste de ses activités si elle pensait être traînée dans la boue par ses adversaires.

— Je comprends la position de Mme Cha, répondit Jean-Louis, qui savait que ses propos seraient rapportés à leur future partenaire. Assurez-la qu'Irène et moi mettons tout en œuvre pour aider les autorités françaises à retrouver l'assassin de Matthias.

8.

L'usine – 13 mai

Des ravioles farcies d'agneau confit et de fruits secs suivies par un filet de bar à la plancha avaient définitivement convaincu Kim Jung-woo des compétences de la cheffe venue les saluer à la fin du déjeuner. Le Coréen avait souhaité découvrir les crus des Alpilles. « Connaître les vins du pays qui nous accueille est une indispensable marque de respect pour nos hôtes », avait-il annoncé avec une solennité papale. Jean-Louis ne l'avait pas contredit et l'avait donc accompagné dans sa dégustation. Il l'avait néanmoins arrêté avec beaucoup de tact quand l'homme avait commencé à mixer le français et le coréen.

Irène et Tae-hee s'étaient contentées de deux verres de rosé et avaient discuté du lancement de la nouvelle collection quand Jean-Louis, sur la demande insistante de Jung-woo, avait accepté de disserter avec lui sur les charmes des Provençales et des Coréennes. Après deux tournées d'expressos qui permirent à Kim Jung-woo de reprendre pied, Jean-Louis confia les clés de son véhicule à sa femme. C'est elle qui les conduirait vers l'usine de production en périphérie de la ville.

Même si le contrat avait déjà été signé avec Cha Ye-jin, les Charmette n'ignoraient pas l'importance de cette visite qui ferait l'objet d'un compte rendu détaillé. Ils se garèrent sous la protection d'un pin parasol : après un déjeuner bien arrosé, la chaleur a tendance à faire plus facilement tourner les têtes. Jean-Louis prit les opérations en main. Il contourna l'usine et amena ses hôtes devant plusieurs cuves de stockage métalliques rutilantes qui reflétaient les rayons du soleil.

— Chers amis, voici la source de nos savons de Marseille.

— Vous êtes bien mystérieux, Jean-Louis, lança le Coréen qui, après deux bouteilles de vin partagées, avait abandonné le cérémonial « monsieur Charmette ». Expliquez-nous ça… enfin, expliquez-le surtout à Taehee qui a suivi avec succès le cursus du Korea Advanced Institute of Science and Technology.

Les deux Français notèrent la fierté du père et félicitèrent avec une emphase tout asiatique la brillante diplômée. Puis Jean-Louis attaqua son exposé.

— Comme vous le savez, les deux éléments indispensables pour réaliser une opération de saponification, et donc un savon, sont un corps gras et une base forte de type potasse ou soude. Traitons tout de suite le cas de la soude ou hydroxyde de sodium.

Kim Jung-woo jeta un regard inquiet à sa fille qui lui adressa un sourire rassurant.

— La soude est un produit standard avec lequel le maître savonnier ne peut pas jouer. Nous l'achetons sous forme liquide à des chimistes. Tout le savoir-faire réside dans le choix des corps gras et dans les mélanges effectués. Les cuves que vous voyez contiennent les huiles que nous allons utiliser.

— Cela ne me paraît pas bien compliqué, constata le Coréen. Je suis curieux de comprendre pourquoi la gamme Douce France surpassera les articles actuellement disponibles sur le marché.

— Remarque très pertinente ! Parce que effectivement, l'humanité se lave depuis des milliers d'années ! Nous allons offrir les meilleurs savons car nous allons tirer parti des meilleurs ingrédients. Nous parlions « cuisine » pendant le repas. Même avec la meilleure recette du monde, votre plat final sera quelconque si vous n'y intégrez pas de bons ingrédients. Et nous en avons sélectionné d'excellents.

— Ah, très bien. Je m'en réjouis.

— La base de notre savon de Marseille sera bien sûr l'huile d'olive. Mais pas n'importe quelle huile d'olive. De l'huile purifiée.

— Comment ça ?

— Un corps gras a la faculté de fixer les molécules de son environnement, qui est malheureusement de plus en plus pollué. Nous retirons donc toute trace de polluants et l'huile que nous employons devient de qualité alimentaire. Ce qui signifie que je pourrais m'en servir pour assaisonner ma salade de tomates… enfin plutôt celle d'Irène, car c'est elle la cheffe. Mes talents culinaires sont très limités.

— Comme les miens, approuva le Coréen avec satisfaction. On ne peut pas avoir toutes les compétences.

— Tout à fait. Mais nous savons déboucher les bouteilles, ce qui a aussi son importance, n'est-ce pas ?

— Vous avez complètement raison, confirma Kim Jung-woo avec un large sourire.

— Et nous confectionnerons nos meilleurs produits avec de l'huile d'olive bio provenant de nos si jolies Alpilles.

M. Kim lâcha un long sifflement. Il connaissait la valeur de cette substance de luxe.

— Les clientes de Douce France paieront cher pour leurs soins de beauté, commenta-t-il, mais elles auront de la qualité.

— Et finalement, elles ne paieront que le juste prix. On pourrait produire à plus bas coût, reconnut le savonnier. De grandes entreprises utilisent de l'huile de palme issue de plantations extensives qui détruisent les forêts équatoriales. Nous refusons ces choix si dévastateurs pour l'environnement ! D'autres fabricants font usage d'huiles minérales extraites du pétrole. Pas question d'avoir recours à ces éléments polluants et parfois nocifs pour la peau.

— Je n'imaginais pas qu'il y avait tant de possibilités, intervint Tae-hee en arrêtant de prendre des notes sur sa tablette.

— On peut même employer des graisses animales, comme le suif de bœuf ou le saindoux de cochon.

— Oh… on ne peut pas vendre ça aux véganes ! affirma la jeune Coréenne.

— Je pense que certains défenseurs de la cause animale en utilisent sans le savoir. Mais notre base est bien l'huile d'olive, comme dans tout savon de Marseille traditionnel. Nous y ajoutons des huiles de coco, voire de palme, mais issues de filières écoresponsables et du beurre de karité bio et équitable pour obtenir une texture nourrissante et protectrice.

— C'est passionnant, exactement ce que souhaite Cha Ye-jin pour ses clients ! Et où se déroulera l'alchimie qui transformera tous ces produits en soins de beauté de la gamme Douce France ?

— Dans des chaudrons que nous allons découvrir à l'intérieur de l'usine. Je vous invite à me suivre.

9.

The Dice – 13 mai

Après sa rencontre avec les colocataires, Margot Garcia était rentrée au commissariat pour rédiger son rapport. Elle avait du mal à discerner la personnalité de Matthias Venasque. Aux dires de ses deux amis, la victime était « un mec cool qui ne cherchait pas les embrouilles ». Un type fiable, si l'on en croyait le règlement de son loyer rubis sur l'ongle. Mais pas une fois il n'avait évoqué son passé. Étonnant quand on vit au quotidien avec les mêmes personnes ! Avait-il quelque chose à cacher ?

Et puis cette fameuse fille qu'il fréquentait au *Dice*... aventure amoureuse partagée ou séduction de commande d'une prostituée ? Margot était peut-être dure avec cette fille qu'elle ne connaissait pas. Cependant, au cours de sa courte carrière, elle avait déjà côtoyé trop de gamines qui, pour se payer quelques vêtements et accessoires de luxe, n'hésitaient pas à vendre leurs charmes et leur corps. Elles créaient sur internet leur profil d'« escort-girl », ça sonnait mieux que « prostituée ». Elles se rebiffaient quand Margot leur expliquait qu'elles tapinaient, mais l'OPJ ne supportait pas de les voir plonger pour une vie factice. Peu ressortaient indemnes d'une telle expérience.

Disposer d'une plastique engageante tenait pour certaines de la malédiction.

La jeune flic, originaire d'un milieu modeste, s'était toujours battue pour être reconnue pour ce qu'elle avait dans la tête et pas pour son physique. À force d'efforts et de sacrifices, elle était sortie deuxième de sa promotion à Saint-Cyr-au-Mont-d'Or, dans la banlieue lyonnaise. Elle y avait perdu quelques connaissances de son quartier qui « ne traînaient pas avec des keufs », mais la fierté de ses parents qui s'étaient saignés pour qu'elle réussisse avait largement compensé ce rejet d'une minorité. À ce jour, son plus grand succès avait été de tirer son frère des petits trafics dans lesquels il avait commencé à glisser. Rien que pour ça, toutes les nuits passées à travailler et à affronter des commentaires sexistes avaient été payées en retour.

Après avoir rédigé son rapport, Margot fouilla dans la vie d'Hubert Pasmard et d'Emmanuel Grandchamp. Elle ne trouva rien sur le premier. Elle avait remarqué sur une étagère toute une panoplie de cartes et autres accessoires qui prouvaient que l'informaticien préférait confectionner des jeux de rôle plutôt que hanter les établissements de nuit. Manu Grandchamp, lui, était déjà venu visiter les locaux du commissariat de l'avenue du Pays-catalan : il arrondissait ses fins de mois en vendant du cannabis. Elle enchaîna avec Baptiste Lebel, le collègue serveur de Grandchamp : RAS.

Comme elle refermait son ordinateur, Éric Lebrun ouvrit la porte de son bureau et la héla :

— Rendez-vous dans la salle de briefing dans un quart d'heure.
— Bien, capitaine.

Quatre personnes attendaient le capitaine Lebrun. Le lieutenant Margot Garcia, le lieutenant Paul Bercacci et deux brigadiers-chefs, Max Castagnier et Dédé Marivan. Margot connaissait bien Bercacci, son homologue officier arrivé quatre ans avant elle, et elle ne le supportait pas. Ses rares compétences étaient loin d'être à la hauteur de la morgue dont il faisait preuve.

Elle était intervenue avec lui deux mois plus tôt sur une affaire de vols de voitures haut de gamme. Ils avaient coincé un réseau qui agissait dans toute la région PACA pour expédier des véhicules de luxe dans l'est de l'Europe. Que Bercacci ait attiré toute la lumière sur lui, pourquoi pas ? Mais elle avait tenu un rôle majeur et n'avait pas du tout apprécié la façon dont son collègue l'avait rendue invisible dans son rapport final.

Le patron entra finalement dans la pièce, un plateau d'expressos entre les mains. Inhabituel de la part d'un macho plutôt porté à demander : « Vous nous ferez du café, mon p'tit ? », mais néanmoins sympathique. Il distribua les gobelets à ses subordonnés surpris et attaqua :
— Je vous ai convoqués pour faire le point sur le meurtre à la savonnerie Garlaban. Comme vous le savez, j'ai missionné le lieutenant Garcia pour mener les premières constatations et les interrogatoires préliminaires.
— Pourquoi vous avez nommé une débutante ? le coupa Bercacci. J'aurais pu me libérer de mes broutilles actuelles pour gérer un homicide. J'ai…

— Mon choix vous pose un problème, lieutenant ? riposta Lebrun.

— Euh... non, capitaine.

— Alors, évitez dorénavant de m'interrompre avec ce genre de remarque inappropriée.

Un silence régna dans la salle.

— Je reprends donc. Le lieutenant Garcia est pour le moment chargé de l'enquête, point barre. Je compte sur vous pour lui apporter votre soutien quand elle vous sollicitera.

Si les deux brigadiers opinaient du chef en signe d'acceptation, Paul Bercacci se crispa, mais réussit à répondre un « Bien, capitaine » sans laisser paraître trop d'amertume. Lebrun avait noté la réaction de son subordonné. Les capacités du Corse n'étaient pas à la hauteur de son ambition démesurée. S'il pouvait être efficace sur des missions bien ciblées, sa propension à se mettre en avant lui faisait régulièrement courir des risques inutiles, voire dommageables.

— Avant de donner la parole au lieutenant Garcia, voici quelques éléments que je partage avec vous. Le substitut du procureur m'a appelé en fin de matinée. Ce meurtre dans une savonnerie intrigue le juge d'instruction et les médias. On sort du schéma classique du règlement de compte dans le milieu. Bref, cette instruction va intéresser beaucoup de monde... même trop de monde ! C'est la raison pour laquelle je vous ai mandatés pour apporter votre soutien au lieutenant Garcia. Si ça dérape ou qu'on ne trouve rien, on sera tous dans la merde. J'ai bien dit « tous » ! répéta-t-il en fixant Bercacci qui se frottait déjà les mains intérieurement en s'imaginant reprendre la direction de l'enquête. Et le commissaire Mazure va suivre les travaux de près.

Le grand patron de la PJ de Salon n'intervenait que rarement dans des investigations et sa présence prouvait l'importance de l'affaire.

— Lieutenant Garcia, résumez-nous la teneur de vos entretiens avec les colocataires de la victime.

En moins de dix minutes, la policière dressa un tableau précis des éléments en sa possession.

— Bref, conclut-elle. Ce qu'on sait à cette heure, c'est qu'une semaine avant sa mort, Matthias Venasque a montré des signes d'inquiétude inhabituels. Il fréquentait aussi le bar *The Dice* et y avait rencontré l'amour… ou tout du moins une femme qui, d'après ses colocataires, avait pris de la place dans sa vie.

— Quel bar dis-tu ? s'étonna Max Castagnier.

— *The Dice*, à Salon.

— *Ze Daïsse*, répéta le brigadier-chef, dubitatif. Tu es sûre de toi ? Parce que ça fait vingt-cinq ans que je bosse à Salon, et j'en ai jamais entendu parler.

Margot Garcia se demanda un instant si son collègue se moquait d'elle. Mais son air sérieux, presque préoccupé, prouvait le contraire.

— *The Dice* : T-H-E et plus loin D-I-C-E, épela-t-elle.

— Ah, lâcha Castagnier, *Zeu Disseu* ! Je ne comprenais pas ta prononciation.

— Ça veut dire « Le Dé » en anglais, mais va pour *Zeu Disseu*. Ça te parle, là ?

— Oui, évidemment ! C'est un des établissements des frères Mancini. Ils en possèdent cinq à Marseille, trois à Aix, un à Martigues et un à Salon.

Margot connaissait de réputation les parrains marseillais. Max Castagnier semblait maîtriser le sujet. Elle l'invita à développer.

— Les Mancini sont deux frères, tout droit venus de Gênes. Enfin, c'est leur père qui a débarqué à Marseille au milieu des années soixante-dix alors que ses deux garçons étaient encore des *pitchounes*. Ils ne le sont pas restés bien longtemps. Fabio et Pietro, qu'ils s'appellent ! Fabio, c'est comme qui dirait le cerveau de la famille, mais un cerveau tordu. Pietro, lui, c'est les muscles et les flingues qui vont avec. Ils ont d'abord travaillé pour Dominique Figouli, dit « Dodo la farine ». Inutile de vous faire un dessin. Les deux Mancini ont rapidement su se rendre indispensables : Fabio était un expert-comptable hors pair, je crois même qu'il a obtenu un diplôme universitaire. C'est lui qui s'occupait de tous les placements et qui blanchissait l'argent de la drogue. Pietro, lui, avait le chic pour faire payer les débiteurs. C'est le genre de gars qui ne semble jamais perdre ses nerfs.

— Comment se sont-ils débrouillés pour créer leur propre « entreprise » ?

— Pietro a monté un réseau de prostitution, mais sans en parler à son patron. Quand Figouli l'a appris, ça ne lui a pas plu du tout. Il a mis la tête de Pietro Mancini à prix… mais il a eu le tort de le sous-estimer. Deux semaines plus tard, Figouli et ses trois principaux lieutenants ont gagné un aller direct en enfer au cours d'une promenade en mer. Le yacht a explosé de façon incompréhensible au large de la Corse. Avec plus de trois mille mètres de fond, personne n'est allé demander une expertise du bateau. Ainsi ont disparu quatre mafieux, un équipage de trois marins et quatre professionnelles qui assuraient le repos du guerrier de Figouli & Co.

— Un sabotage signé Mancini ?

— Impossible de le prouver ! Mais dans les jours qui ont suivi la mort du caïd, la famille Figouli et ceux qui auraient aimé récupérer leurs affaires ont été rayés du monde des vivants. La poudre a parlé et les Mancini sont devenus les héritiers. Ça fait maintenant plus de vingt ans qu'ils règnent sur une partie de la région.

— Leurs spécialités ?

— Classique : le trafic de drogue, les filles et les jeux. Pietro est aussi un joueur et il a mis la main sur quelques tripots clandestins… ou il les a montés.

— Et vous pensez que *The Dice* est un point de deal ?

— On n'a jamais cherché de ce côté, mais je suis persuadé que si la justice s'intéressait à leur comptabilité, ils trouveraient du louche. Par contre, le juge qui va s'attaquer aux frères Mancini n'est pas encore né, ou n'est pas encore arrivé en PACA. Ces mecs-là se sont fait des amis partout avec leur fric, et ils disposent forcément de dossiers compromettants qui calmeraient des ardeurs d'opération *mani pulite*. Pour vous, les Mancini ont un lien avec ce meurtre ?

— Aucune idée, avoua Margot. Ce qu'on sait, par contre, c'est que depuis un mois, Matthias Venasque se rendait régulièrement au *Dice*. Il y rencontrait une fille qui m'a été décrite comme une éventuelle pro et il a commencé à avoir des soucis une semaine avant de se faire trucider.

— Ça ne signifie pas que sa mort a un rapport avec *Zeu Disseu*, conclut Castagnier. Et même s'il y en a un, les Mancini ne maîtrisent pas tout ce qui se trame dans leurs établissements.

— Effectivement. Mais du coup, j'irai interroger Baptiste Lebel avec un autre angle d'attaque. Au passage, quelqu'un le connaît ?

Les quatre hommes secouèrent la tête en signe de dénégation. Celui-là ne leur avait pas encore rendu visite.

10.

Matthias Venasque – 13 mai

— Intéressant, conclut Lebrun. Les Mancini sont souvent en tête de liste des suspects quand on trouve un cadavre lié à un trafic quelconque. Poussez cette piste, lieutenant, même si on ignore où elle va nous mener.

— Je compte faire un tour au *Dice* cet après-midi. Le dénommé Baptiste attaque son service à dix-huit heures.

— Très bien. Autre chose ?

— Pas pour le moment, capitaine.

— Alors je reprends la parole. Je me suis rendu ce matin à Marseille pour annoncer à Mme Venasque le décès de son fils. Elle ne comprend évidemment pas ce qui a pu arriver. D'après elle, son Matthias se faisait des amis partout où il passait. Le lieutenant Garcia en saura peut-être plus en cuisinant Lebel. De mon côté, j'ai récupéré le rapport du légiste juste avant la réunion. Je l'ai parcouru en mangeant ma pizza. Le coup porté a été très précis.

— Comment ça ? relança Margot.

— Le gamin a été supprimé d'un unique coup de couteau. La lame a glissé entre les côtes sans les toucher et a directement frappé le cœur. D'après le toubib, il est sûrement mort en quelques secondes. Si ça se trouve, il n'a même pas compris ce qui lui arrivait !

— Donc, suriné par un pro, c'est ça ?

— Ça en a tout l'air. Si ça avait été un vulgaire règlement de compte pour une histoire de fesses, son meurtrier se serait acharné sur lui.

— Cela fait donc pencher pour un tueur professionnel, donc potentiellement pour la famille Mancini, avança Castagnier.

— Pourquoi pas ? reconnut Lebrun. Encore faut-il découvrir un mobile ! Si le Pietro n'hésite pas à manier le flingue ou le poignard, il ne le fait que lorsque ses affaires sont en jeu. En quoi un gamin amoureux de théâtre et guide dans une vieille savonnerie de Salon lui aurait-il porté préjudice ?

— Difficile à croire, en effet, chuchota Margot. Le médecin a-t-il fourni d'autres éléments intéressants ?

— Je vais chercher son rapport.

Le capitaine Lebrun s'éclipsa et revint deux minutes plus tard avec quelques feuillets juste imprimés. Il les parcourut avant d'annoncer :

— Il estime la mort entre minuit et deux heures du matin. À cette heure-là, les rues sont plutôt désertes dans Salon. Marivan et Castagnier, vous vous taperez du porte-à-porte pour savoir si les riverains ont noté quelque chose d'inhabituel.

— Bien, capitaine, acquiesça Marivan. Même si à cette heure-ci, les gens ont tendance à dormir.

— Pas tous, le détrompa Castagnier. Tiens, ma bellemère, par exemple ! Elle a des insomnies, mais elle ne veut pas prendre de médicaments. Quand elle n'arrive plus à dormir, elle traîne son fauteuil derrière la fenêtre de la cuisine, elle entrouvre discrètement ses persiennes et elle observe la rue pour tuer le temps. Lorsqu'on passe une nuit chez elle, on ne peut pas aller tranquillement aux toilettes à deux heures du mat sans se prendre un commentaire.

— Elle n'habiterait pas rue Félix-Pyat, par hasard ?

— Non, à Martigues.

— Dommage. La mienne, elle a un sommeil de plomb et elle ronfle comme un sonneur. Quand on va dormir chez elle à Toulouse, je suis obligé de prendre des cachets pour ne pas piquer une crise de nerfs à cause du bruit ! Tu vois, je ne sais pas ce qui est le mieux.

— Vous avez terminé l'étude comparative du pouvoir de nuisance de vos belles-mères ? Je peux poursuivre ma lecture ?

Un peu gênés, les deux brigadiers se turent.

— Un point notable, le légiste a trouvé une quantité d'alcool importante dans son estomac.

— S'il allait au bar régulièrement, c'est pas vraiment étonnant, tempéra Bercacci.

— Ses colocs m'ont dit qu'il marchait au Coca, intervint Margot.

— Alors c'est une piste supplémentaire à fouiller, nota Lebrun. D'ailleurs, ça confirme ce que me racontait ce matin la mère de la victime. Elle a éprouvé le besoin de parler de son fils, comme pour conjurer le mauvais sort et continuer à croire qu'il était vivant. Elle est veuve et son gamin était tout pour elle.

— Je ne vous connaissais pas ce talent de psy, capitaine ! s'esclaffa Bercacci.

— Depuis plus de quatre ans que vous êtes là, lieutenant, combien de fois êtes-vous allé annoncer à une famille qu'un de ses proches venait de disparaître ?

— Aucune, répondit Paul Bercacci, pris en défaut.

— Alors vous vous permettrez ce genre de commentaire quand vous aurez coché cette case dans votre brillant CV.

— Désolé pour mon intervention, patron, s'excusa Bercacci en se rendant compte qu'il avait poussé le bouchon trop loin.

Lebrun évacua l'échange d'un geste de la main. Le subordonné qu'on lui avait imposé le crispait prodigieusement par moments, mais il ne devait pas le désavouer trop souvent devant l'équipe.

— Sa mère m'a assuré que Matthias ne buvait pas d'alcool, ou exceptionnellement pour les grands événements. « Mon minot, ce n'est pas un soûlot et surtout pas un drogué. Je l'ai bien élevé, mon Matthias. Pas le genre à faire le mariole ! », m'a-t-elle affirmé durant notre conversation.

— Les enfants racontent rarement leurs excès à leurs parents, tempéra Margot. Mais peut-être a-t-elle raison ? Je reposerai aussi la question à Pasmard ou Grandchamp. Vous a-t-elle parlé du parcours marseillais de Matthias ? Il n'en a pas dit un mot à ses colocs.

— De ce que j'en ai compris, rien de bien marquant. Je ne lui ai pas demandé non plus un curriculum complet. Ils habitaient dans le quartier du Panier depuis la mort de son mari : le môme avait six ans. Un bac avec mention assez bien à dix-huit ans. Mme Venasque a tenu à chercher le diplôme pour me le montrer. Elle voulait me prouver que son gamin n'était pas un de ces voyous qui passent leur temps à embêter les « braves gens » en ne vivant que d'aides… aides que les « braves gens » comme elle subventionnent grâce à leurs impôts. Là, je cite.

— Est-ce qu'elle vous a expliqué pourquoi son fils a quitté Marseille ?

— D'après ce que j'ai compris, ce serait une histoire de femme. Il était amoureux d'une cagole, une fille de mauvais genre pas faite pour lui. Elle a disparu sans laisser de traces. Mme Venasque s'en est réjouie… jusqu'à ce que son Matthias lui annonce qu'il se rendait à Salon. Elle l'a supplié de ne pas gâcher sa vie pour cette bonne à rien. Ils se sont fâchés, et il est parti. Ils ne se sont jamais revus.

Un silence répondit à cette triste histoire. La fameuse fille du *Dice* était-elle la cagole derrière laquelle Matthias Venasque courait ? Mais quel rapport avec la savonnerie Garlaban ?

— La mère doit venir à Salon reconnaître la dépouille, lieutenant Garcia. Débrouillez-vous avec l'hôpital pour savoir quand elle passera et interrogez-la.

11.

Baptiste Lebel – 13 mai

Dix-sept heures quarante-cinq. Margot Garcia avait franchi la porte d'entrée du *Dice*, porte d'un goût douteux ornée de dés géants aux couleurs criardes. Le lieutenant Paul Bercacci avait insisté pour l'accompagner, arguant qu'une femme seule se ferait remarquer dans un établissement comme celui des frères Mancini. Elle avait sèchement refusé sa proposition. Elle n'appréciait pas du tout l'entêtement de son collègue à se mêler de cette affaire. Il avait fini par abandonner, haussant les épaules et marmonnant qu'elle regretterait son absence.

À cette heure de fin d'après-midi, l'affluence était minime. Margot n'avait encore jamais mis les pieds au *Dice* et observa les lieux. Une grande salle aux lumières tamisées : une vingtaine de tables où l'on pouvait boire en grignotant les fameuses planches de fromage/charcuterie et des tapas. Une douzaine d'alcôves équipées de vieux canapés au ton orangé. D'un côté, un espace plus sombre pour des rencontres discrètes. De l'autre, une petite piste de danse. Au fond, un bar en imitation acajou et derrière, un mur recouvert de bouteilles d'alcool de toutes origines. Étonnant d'imaginer Venasque dans ces lieux après ce qu'en avaient raconté ses colocs et sa mère ! Mais la victime dissimulait sa vie privée et Margot ne devait s'interdire aucune hypothèse.

Un membre du personnel se dirigea vers elle d'un pas chaloupé. La policière portait un jean, des bottes et une veste en coton rouge à la coupe parfaite sur un tee-shirt blanc. Élégance, mais surtout pas une once de provocation ! Les yeux de l'employé qui la scannèrent lui prouvèrent une nouvelle fois qu'il n'était pas nécessaire de mettre un minishort et un top ventre nu pour allumer des regards qu'elle aurait préférés éteints.

— Je peux l'aider, la demoiselle ?

— La dame. Je souhaite parler à Baptiste.

L'homme la détailla quelques secondes. Margot connaissait ce genre d'énergumène : ne pas baisser les yeux sans pour autant chercher la confrontation.

— Et qu'est-ce qu'elle lui veut à Baptiste ?

— C'est un peu privé, lui répondit-elle avec un sourire coquin.

Il s'accorda un moment de réflexion. La fille avait l'air *clean* et son employé ne prenait son service que dans un quart d'heure. Il pouvait lui consentir cette rencontre.

— Installez-vous là-bas, lâcha-t-il en indiquant une des alcôves. Et qu'est-ce qu'elle consommera ?

— Un Perrier-tranche.

Deux mètres et soixante-dix kilos s'approchèrent d'elle, un plateau avec sa boisson à la main. Si la silhouette surprenait au premier abord, le serveur n'en dégageait pas moins une certaine assurance.

— C'est vous qui vouliez me voir ? s'enquit-il en posant la bouteille de Perrier et le verre sur la table.

— Si vous êtes Baptiste, oui.

— Drago m'a prévenu qu'une « jolie gonzesse » m'attendait. Il ne s'est pas trompé. Mais si je vous avais déjà croisée, je m'en souviendrais, j'ai une excellente mémoire.

— Alors, c'est parfait. Asseyez-vous, on va discuter.

— Vous êtes qui ? s'étonna-t-il en restant debout.

— C'est Emmanuel Grandchamp qui m'envoie vers vous.

— Manu ? Qu'est-ce qu'il vous a dit ?

Il fronçait les sourcils, conscient de la capacité de son collègue à se mettre dans des situations foireuses.

— Que vous pouvez m'apprendre des choses sur Matthias Venasque…

Le serveur se crispa. Tout ça ne sentait pas bon. Comme il s'apprêtait à faire demi-tour, la voix de Margot le retint :

— Vous n'encaissez pas la consommation ?

— Ah, si, désolé.

— Et puis, profitez de mon invitation à vous asseoir à côté de moi. Les canapés du *Dice*, même s'ils ne respirent pas la propreté, sont plus confortables que les sièges du commissariat.

— Vous êtes flic ? s'inquiéta Baptiste.

— Officier de police judiciaire.

— Et Drago vous a laissée entrer ?

— D'un, aucune loi n'empêche un agent de l'ordre public de boire un verre non alcoolisé. Et de deux, il ne me semble pas lui avoir montré ma carte officielle.

— Et qu'est-ce que vous me voulez ?

— Juste discuter avec vous. Vous n'êtes inculpé de rien, monsieur Lebel. Je souhaite uniquement vous entendre en tant que témoin.

L'employé se détendit. Avant de rejoindre Salon, il avait eu quelques antécédents mineurs avec la police. Il se sentait en général mieux lorsqu'il était éloigné de leurs représentants.

— Je vous écoute.

— J'imagine que vous êtes au courant du décès de Matthias Venasque. Et que si vous ne l'étiez pas jusqu'à ce midi, M. Grandchamp vous a prévenu depuis.

— Je suis au courant, reconnut prudemment Baptiste.

— Parfait. Ce même M. Grandchamp m'a dit ce matin que Matthias Venasque fréquentait régulièrement cet établissement ces dernières semaines. Comme vous m'avez affirmé posséder une excellente mémoire, vous devez vous souvenir de cet homme, ajouta-t-elle en sortant de sa poche une photo de la victime.

Le serveur y jeta un coup d'œil par principe et confirma :

— Effectivement.

— Et c'est vous qui vous occupiez de sa table, n'est-ce pas ?

— Les soirs où j'étais de service, oui.

— Que buvait-il ?

Surpris par la question, Baptiste Lebel opéra néanmoins un mouvement du menton vers la bouteille.

— Comme vous ! Ou un Coca Zéro avec une tranche de citron vert. Précis, non ?

— Vous ne l'avez jamais vu consommer d'alcool ?

— Non, jamais. Les mecs avec qui il venait le chambraient à cause de ça, mais il s'en fichait.

— Il a rencontré au moins deux fois une fille… au look de « chaudasse », d'après votre ami Manu. J'aimerais que vous m'en parliez.

La conversation dérangeait sérieusement le garçon. Il jeta un œil en direction d'une pendule placée au-dessus du bar.

— Il reste trois minutes avant d'embaucher, monsieur Lebel. Et vous avez d'ailleurs commencé à travailler en m'apportant mon Perrier. Cependant, si vous préférez que nous reprenions notre entretien demain matin à huit heures au commissariat… Je vous laisse choisir.

— C'est bon, c'est bon… Manu a bien vu. Il fréquentait Natacha.

— Natacha ?

— Natacha Fernandez. C'est une fille cool. C'est vrai qu'elle s'habille parfois en cagole, mais elle en a dans la tête.

— Dites-moi où je peux rencontrer cette Natacha et je vous libère.

— Vous allez lui chercher des ennuis ?

— Vous seriez presque vexant, monsieur Lebel. Ai-je l'air d'un dragon ?

— Avec les flics, je m'attends à tout, s'enflamma l'employé avant de se mordre les lèvres.

Margot ne réagit pas.

— Je ne m'intéresse pas aux activités de Mme Fernandez. Je souhaite juste élucider le meurtre d'un jeune homme de vingt-cinq ans que tous ses proches semblaient apprécier.

Le témoignage de Natacha Fernandez peut m'y aider. Donc, je souhaiterais un tête-à-tête avec elle.

Baptiste Lebel leva les deux mains en signe de reddition.

— Je vous crois. Natacha..., hésita-t-il.

— ... bosse pour les Mancini ?

La panique crispa le visage du serveur.

— Vous êtes folle ? Moins fort !

— Je suis flic et je pose des questions. Normal, non ?

— Vous êtes peut-être une keuf, mais on est chez les Mancini, souffla-t-il en jetant un regard furtif vers Drago qui commençait à les observer avec méfiance. Une carte tricolore, ça ne protège pas de tout !

Margot remarqua la peur de l'employé.

— À quoi elle ressemble ?

— Bien gaulée, je dirais un mètre soixante, des yeux verts, blonde, parfois avec des couettes.

— Des couettes ? Du genre Harley Quinn ? tenta Margot en se souvenant des comics qu'elle lisait dans sa jeunesse.

— Y a de ça. Elle a d'ailleurs une cicatrice à la commissure des lèvres, style Joker. Je vous assure qu'avec ça, elle ne passe pas inaperçue. Bon, maintenant, faut que j'y aille ou Drago va me pourrir la vie.

— Avant de partir, quel est son numéro de téléphone ?

Lebel ne chercha pas à refuser. Il regarda son portable, gribouilla deux numéros sur un morceau de nappe et les tendit à la policière.

— J'y ai ajouté le mien avant que vous me le demandiez. Vous ne lui causerez pas de problèmes, promis ?

— Promis.

Margot se leva, s'approcha de Baptiste, et à sa grande surprise, claqua les trois bises réglementaires sur ses joues.

— Comme ça, vous aurez une raison pour justifier à votre patron le temps que vous avez passé avec moi, lui glissa-t-elle en s'éloignant.

12.

Soirée salonaise – 13 mai

— Jean-Louis, on va bientôt dîner, tu peux aller chercher François ?

— Il s'entraîne dans le jardin.

— C'est pour ça que je te demande de l'arrêter dans sa symphonie. Ce n'est pas tous les jours que je cuisine un soufflé au fromage, et si on attend trop, il va retomber. Et il n'y a rien de plus déprimant qu'un soufflé plat !

— Si tu le dis…

Jean-Louis Charmette posa son verre de château-romanin avec un soupir. Il contourna la maison et se dirigea vers le fond de la propriété. Il aimait ces heures de début de soirée où la terre et la végétation exhalaient leurs odeurs après avoir accumulé la chaleur du soleil provençal. Ses années passées à Paris puis à Lyon ne lui manquaient vraiment pas. Il ne pourrait plus y vivre.

En temps normal, en dépassant la limite des derniers oliviers, il commençait à entendre le chant du ruisseau qui dansait sur les rochers. Mais aujourd'hui, les notes à la fois tristes et fortes d'*Amazing Grace* couvraient les murmures de la nature.

Depuis cinq ans, leur fils François s'adonnait à la cornemuse. Il avait pris sa passion très au sérieux en suivant des cours : quelques gènes bretons légués par sa grand-mère maternelle avaient surgi en même temps que son acné d'adolescence. Il avait rapidement rejoint le bagad du Pays d'Aix. Après d'âpres négociations, le jeune sonneur avait obtenu de ses parents une mobylette, une vieille Peugeot 104, qui fonctionnait grâce à un entretien minutieux et l'opération du Saint-Esprit. Cet engin pétaradant lui permettait de parcourir chaque semaine la trentaine de kilomètres qui séparaient Salon-de-Provence de Vitrolles.

Les mains sur les hanches, Jean-Louis admira son garçon : il était doué et le père en tirait de la fierté… sauf peut-être quand il essayait d'interpréter des morceaux de rock au biniou. Mais, contrairement à sa femme qui avait l'oreille musicale et ne supportait pas une telle dissonance, il ne voulait pas brider la créativité de son artiste.

— Maman, ton soufflé, c'était une tuerie !

— Merci, mon François.

— Mais, sans te vexer, j'ai encore la dalle. Y a quoi après ?

— De la salade et un yaourt.

— Tu sais, quand on a moins de cinquante ans, on a faim le soir !

— Il reste du risotto d'hier dans le frigo, réfléchit Irène que la sortie de son benjamin ne surprenait pas.

C'était un être qui passait son temps à manger sans prendre un gramme. Une injustice de la nature pour elle qui grossissait par le simple fait d'imaginer un éclair au chocolat !

— Tu peux t'en faire réchauffer au micro-ondes, lui proposa-t-elle.

Comme le repas touchait à sa fin, François quitta la table et se rendit dans sa chambre. La conversation revint sur le drame du musée de la rue Félix-Pyat. L'annonce de Mlle Kim les avait inquiétés. Plus qu'inquiétés même.

— Tu penses vraiment que Cha Ye-jin peut décider d'abandonner la ligne Douce France à cause du meurtre ? l'interrogea Jean-Louis pour la troisième fois de la journée. On est à moins d'un mois du début de la promotion. On a commencé à produire les crèmes. En plus, elle devra payer des pénalités si elle met fin au contrat. Mais ces pénalités ne couvriraient pas les frais qu'on a déjà engagés… Quel merdier !

— J'aimerais te rassurer, mais elle ne bluffe pas. J'ai discuté avec Kim Tae-hee pendant que tu faisais goûter à son père ton pastis artisanal. Mlle Kim est une proche de Cha Ye-jin. Celle-ci est très perturbée par cette histoire d'assassinat. Ne pas lancer la collection lui coûterait très cher, mais se retrouver victime d'une campagne de diffamation à cause du meurtre pourrait lui coûter sa société et sa réputation.

— Diffamation ? Tu penses que ça peut aller jusque-là ? Elle n'a rien à voir avec cette histoire !

— Judiciairement, non. Mais tu es le premier à savoir que la concurrence est terrible dans le milieu de la beauté en Corée. D'après Mlle Kim, Ye-jin craint qu'on l'accuse d'avoir intégré du sang dans la gamme Douce France.

— Du sang ? Notre amie Ye-jin en fait peut-être trop, tu ne crois pas ?

— Elle dramatise peut-être, mais non sans raison. Tu as lu ce qui s'est passé pour cet acteur coréen qui s'est récemment suicidé ?

— Désolé, mais je n'ai pas le temps de me plonger dans les *k-dramas*.

— Je ne te parle pas de suivre les séries télévisées, mais de ce qui est arrivé à l'une des stars du cinéma coréen. Lee Sun-kyun, celui qu'on avait vu dans le film *Parasites*, a fait l'objet d'une enquête pour usage de cannabis et autres psychotropes.

— Et il s'est suicidé pour ça ? À ce rythme, le milieu du cinéma français serait vite réduit à peau de chagrin.

— Oui, en France, tout le monde s'en fout quand tu fumes un joint. Mais en Corée, la vente de cannabis est passible de lourdes peines de prison. Ce scandale a grandement entaché son image et une partie de ses contrats ont été annulés. Lee Sun-kyun a écrit une lettre pour présenter ses excuses et on l'a retrouvé mort dans sa voiture. Tout ça pour te dire que les craintes de Ye-jin ne sont pas infondées.

— Qu'est-ce qu'on peut y faire ? se désola Jean-Louis, presque convaincu par les arguments de sa femme.

— Participer à l'enquête !

— Comment ça ?

— Je vais appeler Marie-Angèle Lebrun. Après tout, Garlaban est au cœur de ce mystère. On doit pouvoir apporter des éléments à son mari Éric.

— Je veux bien, mais tu n'es ni Cathie Wald ni Miss Marple. Les villageois qui résolvent les meurtres à la place de la police, c'est réservé aux romans.

— En parlant de romans, lança une voix qui les sortit de leurs idées sombres, c'est quoi tout ce souk dans ma chambre ?

— Quel souk ? réagit Irène.

— Les quatre cartons de livres à moitié détruits qui traînent par terre !

— Ah, ça, c'est ce que j'ai récupéré au musée. J'ai prévu de les emporter demain à la déchetterie.

— Et en attendant, c'est ma chambre qui sert de dépotoir, c'est ça ?

— Oh, écoute François, s'agaça Irène, avec tout ce qui se passe en ce moment, j'avais oublié que tu rentrais exceptionnellement un mercredi soir ! Ça te gêne tant que ça ?

— Sur le principe, non. C'est juste à cause des bestioles qui devaient habiter dans les livres et qui se baladent sur le carrelage.

— Misère ! jura Irène qui vivait avec deux angoisses : subir les créations musicales de son fils et découvrir des punaises de lit dans sa maison.

Elle se jeta sur ses bombes insecticides, mais François l'attrapa par le bras en riant.

— C'est trop gros pour être des punaises ! T'inquiète pas, je vais les aspirer.

Rassurée, elle se dirigea vers le canapé du salon.

— Dis-moi, maman, ils viennent d'où exactement ces bouquins ?

Irène lui raconta la mise à sac du musée et le tri qu'elle avait fait. François l'écouta attentivement et demanda :

— Est-ce que je peux apporter un des cartons ici ?

Surprise, sa mère acquiesça. Elle savait que son fils raisonnait de manière très analytique et qu'il aurait sans doute une théorie à leur présenter. Il déposa un paquet au pied du sofa et aligna délicatement la vingtaine de livres outragés sur la table basse.

— Et ensuite ? l'interrogea Irène.

— Alors, qu'est-ce que vous remarquez ?

— Que tu as transféré ces détritus de ta chambre au salon, ironisa Jean-Louis.

— Factuellement, c'est exact. Mais comme déduction, c'est assez léger.

— Il y a vraiment quelque chose à voir ou tu nous fais marcher ?

— « Ils ont des yeux, mais ne voient pas ! »

— Plutôt que de paraphraser le Christ, donne-nous un indice.

— D'accord. Regardez les dates d'impression sur les premières pages.

Les deux parents s'exécutèrent et consultèrent un à un les ouvrages.

— Le plus récent a été édité en 1915, conclut Irène.

— Et c'est la même chose dans les trois cartons restants. Bravo, vous avez donc trouvé le premier élément ! Je vais directement vous livrer le second indice pendant que papa va nous récupérer la boîte d'orangettes. Toutes les couvertures ont été lacérées avec un couteau ou un cutter.

L'esprit en éveil, ils dégustèrent un chocolat avant que François reprenne.

— Maman, je me souviens que tu nous as dit que la collection contient entre autres des œuvres de Marcel Pagnol et de Jean Giono… donc écrites bien après 1915.

— C'est exact.

— On n'en trouve aucune dans les cartons que tu as rapportés. Par ailleurs, j'ai regardé les titres des bouquins stockés dans ma chambre. Je ne connais pas la plupart de leurs auteurs, mais ils traitent de sujets très différents.

— Et alors ?

— Alors, il semblerait que Matthias Venasque et son ou ses assassins cherchaient quelque chose de bien précis dans la bibliothèque. Quelque chose de bien précis publié avant 1915.

Un long silence ponctua la démonstration de François Charmette, à peine troublé par le craquement d'une orangette sous les dents de son père.

— Mon garçon, tu m'épates ! le félicita Irène en le prenant dans les bras. Grâce à tes déductions, j'ai une excellente raison d'appeler Marie-Angèle et participer à l'enquête.

13.

Recherche de témoins – jeudi 14 mai

Margot Garcia était arrivée tôt et explorait les bases de données de la police et d'Interpol. Éric Lebrun l'avait rejointe et l'aidait dans ses tâches.

La veille au soir et durant la matinée, l'OPJ avait appelé plusieurs fois Natacha Fernandez et laissé un message sur son répondeur, mais aucun retour. Elle venait de contacter Baptiste Lebel. La conversation avait été courte et sèche : Drago, suspicieux, avait questionné son employé sur ses relations avec Margot. Le serveur avait inventé une histoire d'amour passée… qui tiendrait jusqu'à ce que Drago se rende compte qu'elle était flic. Quant à Natacha, elle n'avait pas mis les pieds au *Dice* la nuit précédente, ce qui était assez inhabituel de sa part. Quand Margot avait de nouveau interrogé Lebel sur les activités de Natacha Fernandez, il s'était refermé comme une huître. Elle n'avait pas insisté.

— Ce Drago, vous le connaissez ? demanda Margot à Lebrun.

— Faut voir. Décrivez-le-moi.

— Un bon mètre quatre-vingt, une légère claudication, la quarantaine sportive. Un visage en lame de couteau, le crâne rasé… sans doute pour éviter d'exhiber une calvitie. Et des yeux fouineurs sans arrêt en mouvement. La tête de l'emploi !

— Bravo pour la précision du portrait ; c'est bien le gars auquel je pensais. Drago Pantelic, un fidèle de Pietro Mancini.

— Un tueur ?

— Il a fait de la cabane dans sa jeunesse, mais il semble s'être acheté une conduite. Disons qu'on ne l'a pas appréhendé depuis plusieurs années. Mais il a toujours sa réputation.

— Il a été coincé pour quel motif ?

— Je ne me souviens plus. Laissez-moi vérifier ça.

Après quelques minutes de recherche, le capitaine Lebrun récupéra une feuille dans l'imprimante.

— Alors, qu'est-ce qu'on a exactement sur ce triste individu ? Drago Pantelic, né le 22 juin 1976 à Zagreb. Débarqué en France à l'âge de dix-huit ans comme réfugié après la guerre qui a opposé la Croatie à la Serbie. Il a travaillé comme docker sur le port de Marseille. Il a comparu pour la première fois devant le tribunal d'Aix-en-Provence en 2000. Ensuite… cinq condamnations pour vols avec violence, coups et blessures. Tiens, il a aussi trempé dans un réseau de prostitution : des pauvres filles qu'il allait recruter à l'Est en leur promettant un boulot en France. Une fois la frontière passée, il leur confisque leurs papiers et les met sur le trottoir jusqu'à ce qu'elles aient remboursé leur voyage. Ce qu'elles n'arrivent jamais à faire… Rien de bien original !

Margot soupira. Son collègue avait raison, rien de bien original. Elle s'était engagée dans la police pour combattre cette violence qui gangrenait la société et pour défendre la cause des femmes qui en étaient souvent les premières victimes. Elle avait juré de respecter la justice et les règles imposées par la République, mais en quelques mois d'opérations sur le terrain, elle éprouvait déjà du dégoût pour certaines des pourritures qu'elle croisait.

— Plus rien depuis cinq ans, termina Lebrun. Il travaille dans l'équipe du *Dice* comme responsable de la sécurité. Vous pensez qu'il pourrait y avoir un lien entre Natacha Fernandez et lui ?

— À creuser. Quand j'ai évoqué des relations entre Natacha et les frères Mancini, j'ai vu Lebel paniquer et s'assurer que personne ne m'avait entendue.

— Mouais, ce ne serait pas surprenant que la gamine soit tombée entre leurs mains pour une raison ou pour une autre. Vous avez une photo ?

— Elle n'apparaît pas dans nos fichiers, capitaine. J'ai consulté les réseaux sociaux, mais je n'ai trouvé aucune Natacha Fernandez. Natacha n'est peut-être pas son prénom à l'état civil.

— Pas de site d'escort ?

— Rien trouvé non plus !

— Retournez au *Dice* et prenez votre serveur entre quatre yeux. C'est lui qui peut nous conduire à elle.

— J'essaierai, mais je ne sais pas si je serai aussi convaincante pour le faire parler que Drago Pantelic pour le faire taire. J'attends également que notre spécialiste informatique me donne accès à l'ordinateur de Matthias Venasque. Je l'ai récupéré hier dans sa chambre après mon déplacement cours Victor-Hugo, mais pour le moment, il est bloqué. Apparemment, la bécane est bien protégée.

— Je croyais qu'on avait un crack ?

— Le crack est en vacances. On n'a plus que le sous-crack pour le remplacer… et il est plutôt du genre sous-sous-crack.

— Et le crack, quand est-ce qu'il rentre ?

— Demain. Je me demande quand même si je ne vais pas solliciter Hubert Pasmard d'ici là.

— Qui c'est déjà, celui-là ?

— Un des colocs de Venasque. Il est ingénieur informaticien et c'est le portrait du geek parfait. Il pourra peut-être cracker les mots de passe.

— Allez directement chez lui, vous gagnerez du temps.

— Bien, capitaine.

— D'ici là, j'ai de quoi vous occuper. Madeleine Venasque vient reconnaître le corps de son fils à onze heures au centre hospitalier. Je vous laisse l'interroger, j'ai une réunion avec le procureur à la même heure.

— Savez-vous si elle sera seule ou accompagnée ?

— Vous verrez bien sur place. Avez-vous déjà rencontré des proches de victimes ?

— Pas depuis que j'ai pris mon poste ici. Mais j'ai suivi des cours assez poussés sur le sujet. Rien ne remplacera jamais l'expérience, mais cela devrait m'aider pour aborder Mme Venasque.

— Très bien, je préviens l'hosto.

14.

Madeleine Venasque – 14 mai

Même si une voisine et une lointaine cousine lui avaient proposé de l'accompagner, Madeleine Venasque était venue seule. Elle voulait se recueillir devant la dépouille de son fils unique. Elle descendit du bus qu'elle avait pris une heure et quart plus tôt à la gare Saint-Charles. Elle n'avait pas mis les pieds à Salon depuis que son mari lui avait fait la surprise de l'inviter à assister à un festival de musique au magnifique château de l'Empéri. Son Pascal était plus porté à « danser le mia » qu'à écouter un orchestre de chambre. Ils en avaient profité pour déambuler dans la ville en amoureux et s'offrir une soupe au pistou. C'était un souvenir précieux.

Elle se rendit à pas lents au centre hospitalier. Plus rien ne pressait. Sa vie s'était effondrée quand ce policier avait sonné chez elle. La police ne lui avait apporté que des mauvaises nouvelles : le suicide de son père, l'accident de son époux et, hier, la disparition de la chair de sa chair. Elle n'emmènerait jamais ses petits-enfants se promener dans les calanques, se baigner à la plage du Prado ou manger des churros. Ses rêves s'étaient envolés en quelques mots. Elle offrirait un dernier adieu à son fils, l'enterrerait au cimetière Saint-Pierre à côté de son mari et ensuite… ensuite, elle n'espérerait plus rien de l'existence.

L'autopsie avait eu lieu à l'institut médico-légal de Marseille, mais la dépouille avait été renvoyée à Salon. Madeleine Venasque se dirigea vers l'accueil et demanda l'accès à la chambre mortuaire de son fils. En attendant l'employé qui l'accompagnerait, elle remarqua une jeune femme qui la regardait avec gentillesse. Si seulement son Matthias avait choisi une fille comme cette inconnue ! L'inconnue s'approcha d'elle, hésitante.

— Madame Venasque ?

Surprise, la Marseillaise recula d'un pas. Elle ne connaissait personne à Salon.

— C'est bien moi.

— Je vous présente toutes mes condoléances, madame. Je suis le lieutenant Margot Garcia.

La police ! Même ici, elle ne pouvait pas la laisser tranquille ! L'OPJ nota la crispation de la mère et enchaîna avec douceur.

— Je suis désolée de vous déranger en ce moment terrible. C'est moi qui suis chargée des investigations sur la disparition de Matthias et je veux arrêter son assassin.

Avant qu'elle puisse répondre, le responsable de la chambre mortuaire arriva, salua la mère et la prit délicatement par le bras pour l'emmener voir la dépouille.

— Je vous laisse tranquille, madame Venasque. Mais si vous l'acceptez, je souhaiterais m'entretenir avec vous ensuite. Cela nous aiderait beaucoup pour rendre justice à Matthias.

Assise sur un siège scellé au sol, Margot pariait sur ses chances de réussite. Le capitaine Lebrun lui avait résumé ses échanges avec Madeleine Venasque. Il lui avait aussi décrit l'appartement de la veuve.

La policière avait profité de ce temps d'attente pour contacter Irène Charmette, comme le lui avait enjoint son supérieur. Irène était totalement excitée et annonçait avoir des révélations à faire. Elles avaient convenu d'un entretien en début d'après-midi au magasin d'usine de la rue Félix-Pyat, celui qui jouxtait le musée.

Le bruit des talons sur le sol sortit Margot de ses réflexions. Elle observa Madeleine Venasque qui revenait vers le comptoir d'accueil, accrochée au bras d'un infirmier. La mère éplorée ne devait pas être âgée de plus d'une cinquantaine d'années, mais une vie de rude labeur l'avait prématurément vieillie. Sur ses joues, les traces sombres du maquillage saccagé par les larmes. L'OPJ ressentit une vague de peine en voyant cette femme anéantie par la disparition de ce qu'elle avait de plus cher. S'habituerait-elle un jour à la détresse des victimes ? Devait-elle s'en accommoder ? L'avenir le lui dirait.

Madeleine Venasque bafouilla quelques paroles de remerciements à son accompagnateur et s'approcha de la policière.

— Où voulez-vous que nous parlions, ma petite ?

Margot n'eut pas à cœur de la remettre en place en lui demandant de lui servir du « lieutenant ».

— Je connais un restaurant tranquille à Salon. Je suis en voiture et nous y serons en moins de cinq minutes. Est-ce que cela vous convient ?

— Tout me conviendra. Mais je vous regarderai manger.

— Nous pourrons nous contenter de boire un verre ou un café.

Elles quittèrent l'hôpital et n'échangèrent pas un mot durant le trajet. Margot avait choisi un établissement dans le centre de la ville. Elles s'installèrent à l'extrémité de la terrasse, profitant de la douceur qui régnait sur la région. Inutile de s'enfermer au fond de la salle. La policière commanda deux expressos ainsi qu'une assiette de gnocchis frits pour elle.

— Ça vous gêne, si je fume ? s'enquit Madeleine Venasque.

Margot l'invita à allumer sa cigarette. La femme prit son temps, comme pour retarder le moment où elle allait évoquer son fils au passé.

— Chaque fois que j'ai croisé les flics, commença la mère de Matthias, cela ne m'a apporté que du malheur.

Margot ne réagit pas, si ce n'est d'un signe d'encouragement de la tête.

— Quand vous avez demandé à me parler, j'allais vous dire non. Et puis j'ai vu mon Matthias, j'ai compris qu'il n'était pas seulement mort, mais que quelqu'un lui avait volontairement ôté la vie. Ce criminel doit payer. Je vais essayer de vous aider.

— Je vous remercie pour votre coopération, madame. Je ferai tout pour mettre celui qui vous a volé Matthias derrière les barreaux.

— Si vous l'envoyez directement en enfer, ce n'est pas moi qui vous blâmerai. C'est quoi, déjà, votre petit nom ?

— Margot, lieutenant Margot Garcia.

— Vous ne m'en voudrez pas, mais je vais avoir du mal à vous appeler « lieutenant ». Vous devez être à peine plus âgée que mon garçon. Alors, que voulez-vous savoir ?

— Parlez-moi de Matthias.

Pendant près d'une demi-heure, Madeleine Venasque redonna vie à son fils. Margot ne l'interrompit pas, prenant régulièrement des notes. Elle décrivait le fils parfait : le prisme des yeux de la mère embellissait incontestablement la situation, mais Matthias n'avait rien du type à problème ni de l'aventurier téméraire.

— Quelles activités menait Matthias au cours des six derniers mois qu'il a passés chez vous à Marseille ? Je sais qu'il était amoureux de théâtre, mais, malgré le talent, l'art a rarement fait vivre son homme.

— Vous avez raison, mais Matthias était tellement doué ! Vous l'auriez vu sur une scène… Il était comme possédé par les personnages qu'il jouait. À vingt-cinq ans, il avait tout le temps pour être connu. Il habitait avec moi dans mon deux-pièces au Panier. Ça lui permettait de faire des économies, et puis j'appréciais sa compagnie. Il était en représentation pratiquement un soir sur deux. Oh, les cachets étaient maigres, c'est le moins que l'on puisse dire. Mais ça le rendait heureux ! Dans la journée, il donnait des cours de théâtre à quelques enfants de bourgeois du Roucas-Blanc. Il aimait bien travailler avec ces minots. Tout ça pour vous dire qu'à deux, on s'en sortait bien. Jusqu'à ce que…

Elle se tut et alluma une nouvelle cigarette avant de reprendre ses explications.

— Jusqu'à ce que cette poule atterrisse dans notre vie !

15.

Sophia – 14 mai

— Cette poule ? reprit Margot.

— Cette fille qui lui a retourné la tête.

Margot laissa à Madeleine Venasque le temps d'évacuer sa première vague de colère.

— Même si je comprends qu'en parler vous est difficile, que pouvez-vous me dire sur cette femme ?

— Qu'elle a apporté le malheur à Matthias ! Je me souviens bien qu'ils se sont rencontrés à la fin du mois d'octobre. Ce jour-là, on avait décidé de confectionner ensemble un gâteau aux fruits confits. J'y mets de l'eau de fleur d'oranger et beaucoup de mandarines confites que je prépare moi-même. C'est le dessert préféré de Matthias. Le soir, il est arrivé en retard. Ça m'a surprise, parce qu'il avait promis de m'aider. Il était tout excité, alors j'ai tout de suite deviné qu'il y avait une fille derrière tout ça.

— Cela vous a-t-il inquiétée ?

— Non, parce que ce n'était pas sa première passade amoureuse. C'est qu'il avait du succès, mon Matthias ! Mais là, il n'a pas arrêté d'en parler pendant tout le dîner, un vrai fada. Moi, j'étais contente de le voir si enthousiaste. Je n'ai pu avoir qu'un enfant alors que j'avais toujours rêvé d'une grande famille.

— Mais…

— Mais au bout de quelques semaines, je l'ai vu s'assombrir. Enfin, pas s'assombrir, mais devenir plus sérieux. J'ai compris que c'était à cause de cette fille. Il m'a demandé s'il pouvait l'inviter pour la Saint-Nicolas. Ma mère était alsacienne, et on célébrait cette fête en famille. Alors j'ai dit oui. Je n'étais pas très chaude, mais je savais que ça lui ferait plaisir.

La policière laissa à la Marseillaise le temps de rassembler ses idées.

— Il est allé la chercher et ils sont arrivés à la maison en début de soirée. J'aurais préféré passer la Saint-Nicolas en tête-à-tête avec Matthias, mais j'étais quand même curieuse de faire la connaissance de celle qui serait peut-être la mère de mes futurs petits-enfants.

— Et quelle a été la conclusion de votre première rencontre ?

— À éviter ! Dès le départ, j'ai compris qu'elle ne pourrait rien apporter de bon à Matthias.

— Qu'est-ce qui vous a convaincue aussi rapidement ?

— Je suis assistante sociale, et je croise régulièrement ce genre de mômes. Des aimants à problèmes !

— Je n'ai pas votre expérience. Quels indices vous ont poussée à poser ce… diagnostic ?

— Déjà, sa façon de s'habiller. Elle avait sans doute fait un effort pour moi, mais elle ne m'a pas bernée. Bien roulée, avec des vêtements qui mettaient en valeur ses formes et qui n'appelaient qu'à être ôtés. Un joli visage, mais trop maquillée et le regard absent. Et puis elle était collée contre mon minot comme une bernique à son rocher. Elle le fascinait tant que ça me rendait malade. Il n'arrivait pas à fermer la bouche quand elle lui parlait.

Margot se demanda si la méfiance de Madeleine Venasque était le fruit d'une inquiétude raisonnée ou la jalousie d'une mère possessive qui voyait son fils dans les bras d'une autre qu'elle, une autre particulièrement séduisante. La policière tenta sa chance, se souvenant de la description de Natacha faite par le serveur du *Dice*.

— Était-elle blonde avec des yeux verts ?

Surprise, Madeleine répondit :

— Des yeux verts, il me semble. Mais elle était brune.

Margot insista. On peut facilement se teindre les cheveux si on souhaite disparaître de la vie de quelqu'un.

— Avait-elle une cicatrice au coin des lèvres ?

— Ah ça, non. Ça ne m'aurait pas échappé. Pourquoi ?

— Au cours des dernières semaines, Matthias a été aperçu plusieurs fois avec une femme. Je voulais savoir si, par hasard, il aurait pu s'agir d'une seule et même personne. Avez-vous gardé une photo d'elle ?

— Pas question d'avoir son portrait chez moi ! Par contre, je peux vous donner un indice supplémentaire : son regard absent. Ce n'était pas comme si elle réfléchissait trop aux problèmes du monde. Pas son genre ! C'est qu'elle était camée, ni plus ni moins. Dans la soirée, elle a retiré sa veste en jean et j'ai remarqué une discrète trace au niveau de son coude.

— Cette jeune femme a-t-elle un prénom ?

À la surprise de Margot, Madeleine Venasque se signa, comme pour éloigner un mauvais esprit qui aurait déjà frappé.

— Sophia, lâcha-t-elle sèchement.

Margot aurait aimé entendre « Natacha » plutôt que « Sophia ».

— Et son nom de famille ?

— Matthias ne le disait pas, et je ne lui ai pas demandé.

Margot s'accrochait à l'hypothèse d'une même femme à Marseille et à Salon, mais aucun argument ne permettait de l'avérer. Par ailleurs, Marseille ne se situait pas dans sa juridiction, et se renseigner auprès de ses collègues marseillais sur une camée en ne disposant que de son prénom relevait de la gageure. Elle poursuivit cependant son interrogatoire.

— Cette Sophia a-t-elle été désagréable avec vous ?

— Oh que non ! J'aurais préféré. C'est qu'elle savait y faire avec ses mines et ses sourires !

— Alors, comment s'est déroulée votre soirée de Saint-Nicolas ?

— Vue de l'extérieur… pas trop mal. Je lui ai proposé de rester dormir. Je n'allais pas la faire rentrer en pleine nuit, court vêtue comme elle l'était. L'appartement n'est pas bien isolé et je peux vous dire que j'ai mis du temps à trouver le sommeil. Cette fille, c'était une vraie corne de brume. Quel manque de pudeur ! Ma voisine qui habite sous les toits est venue aux nouvelles le lendemain !

— À part une sexualité exubérante partagée avec votre fils, que lui reprochez-vous ?

— Dans les jours qui ont suivi, mon Matthias n'avait plus que son nom en bouche. Et Sophia par-ici, et Sophia par-là. Je ne le voyais presque plus à la maison. Il a même commencé à sécher ses répétitions. Le responsable de sa troupe m'a appelée, s'inquiétant de sa santé. Il n'était pas malade, mais juste englué dans les filets de cette mante religieuse.

La policière évita de mentionner que les mantes ne tissaient pas de toile. Elles décapitaient leur mâle reproducteur, ce qui ne manquait pas non plus de faire réfléchir.

— Avez-vous averti votre fils que Sophia se droguait ?

— Ô, fan de *chichourle*, qu'est-ce que je n'avais pas dit ! Ce jour-là, il est parti en claquant la porte. Il n'est revenu que le lendemain soir.

— Et ensuite ?

— Cette vampire devait partager le réveillon avec nous. C'était une condition imposée par Matthias pour rester avec moi le soir de Noël.

— Elle ne le passait pas en famille ?

— D'après ce qu'elle lui avait raconté, elle n'avait plus de famille.

— Vous ne l'avez pas crue ?

— J'en ai rencontré assez, des mythos comme elle qui font pleurer dans les chaumières pour obtenir ce qu'elles souhaitent. Et Matthias était malheureusement un bon client ! Bref, le 24 décembre, on l'attendait à huit heures. J'avais cuisiné toute la journée pour préparer un festin. Je me fichais bien de cette fille, mais je voulais reconquérir mon fils. Je lui avais promis de faire tous mes efforts pour l'intégrer. Il en était heureux, et donc moi aussi. J'avais même acheté du champagne.

— Excusez-moi de vous interrompre, madame Venasque, mais ses colocataires m'ont assuré que Matthias ne buvait pas d'alcool.

— Ils ont raison, il n'en boit que très rarement. Il est accro au Coca. J'avais sorti la bouteille pour honorer sa copine. Il en aurait juste pris une coupette pour trinquer avec nous.

— Je vois. Vous me disiez donc que vous attendiez Sophia pour huit heures.

— Exact. Mais elle était en retard. Neuf heures, personne. Dix heures non plus. Minuit, toujours rien. Matthias tournait comme un lion en cage, fou d'inquiétude. Moi, j'hésitais entre la satisfaction d'être peut-être débarrassée d'elle et la tristesse de voir mon fils dans cet état.

— Et alors ?

— Elle n'a plus jamais donné signe de vie !

— Avez-vous signalé sa disparition ?

— Dès le lendemain, Matthias est allé voir la police. On lui a ri au nez. Il est revenu vert de rage.

— Vous souvenez-vous à quelle antenne il s'est rendu ? Je souhaite les interroger.

Madeleine lui donna l'adresse.

— Après ça, continua-t-elle, il a passé ses journées à la chercher. Une nuit, j'ai même dû l'emmener aux urgences. Il avait pris des coups en croisant une bande de sales types dans le 3e arrondissement.

— Vous disait-il où il la cherchait ou qui il rencontrait ?

— Non, et je ne voulais rien écouter. Elle lui avait déjà fait du mal quand elle était là, mais son absence avait un effet encore pire.

— Quand a-t-il quitté Marseille ?

— Le 13 février. Un soir, je rentrais du travail, et j'ai trouvé une lettre sur la table de la salle à manger. Il m'informait qu'il avait entendu parler de sa Sophia à Salon-de-Provence, alors il y est allé. J'ignore s'il l'a retrouvée. Je sais juste que sa volonté de récupérer cette bonne à rien l'a conduit à la mort, conclut-elle en sanglotant.

Sans réfléchir, Margot la serra contre elle. Son geste n'avait rien d'officiel, mais aucun règlement ne le lui interdisait. Elles demeurèrent une minute sans bouger, puis la mère se redressa.

— Et puis, il y a cinq jours, il m'a appelée.

— Il avait rompu les liens durant tout ce temps ?

— Il m'envoyait chaque semaine un SMS pour me rassurer, mais pas plus. Quand je lui téléphonais, il ne répondait jamais.

— Vu les relations que vous entreteniez avant, c'est étonnant !

— Je dois avouer, confessa Madeleine, que j'avais été un peu rude avant qu'il parte. Je vous promets que j'ai regretté mon emportement… même s'il était justifié.

— Matthias avait-il une raison particulière pour vous appeler ? Ou bien souhaitait-il juste rétablir le contact avec vous ?

Madeleine Venasque hocha tristement la tête.

— Il m'a demandé de l'argent.

— Pourtant, remarqua Margot, ses colocataires m'ont dit qu'il gagnait décemment sa vie.

— Il s'agissait d'une grosse somme.

La policière fixa la mère avec plus d'acuité. Une histoire d'argent en lien avec le meurtre ?

— Pouvez-vous m'en dire plus ?

— Bien sûr. Il voulait vingt mille euros.

Margot lâcha un léger sifflement et, avec un espoir dans la voix, continua :

— Vous a-t-il précisé pourquoi ?

— Non, mais il devait venir me l'expliquer à Marseille… demain.

— Aviez-vous les moyens de les lui prêter ?

— Cela représente une importante partie de mes économies, mais j'aurais tout donné pour l'aider. Qu'est-ce que je vais faire de cette somme, maintenant ? Voilà, vous savez tout de cette terrible histoire.

Margot s'accorda quelques secondes pour digérer ces informations. De toute évidence, Matthias Venasque avait contracté des dettes. En lien avec ses visites au *Dice* ? Pour rechercher sa Sophia ? Ou pour une tout autre raison ?

— Cette discussion a dû être une épreuve pour vous, madame Venasque, mais je vous suis reconnaissante de m'avoir confié ces secrets si intimes, la remercia l'OPJ en prenant la main de son interlocutrice dans les siennes.

— Vous êtes une bonne petite. Heureuse sera la mère dont le fils vous épousera !

Margot s'épargna de dire que passer devant le maire ou le curé n'était pas prévu dans son programme à moyen terme.

— Vous êtes flic, mais vous êtes quelqu'un de bien. Retrouvez celui ou celle qui a volé la vie de Matthias, je vous en supplie.

16.

Rue Félix-Pyat – 14 mai

Margot Garcia avait raccompagné Madeleine Venasque à l'hôpital. La mère devait maintenant s'occuper des tâches administratives pour récupérer son fils et le faire enterrer. Le travail de deuil commencerait ensuite et ne finirait sans doute jamais.

Après un passage au commissariat pour tenir le capitaine Lebrun informé de ses échanges, elle avait repris sa voiture pour rencontrer Irène Charmette dans les locaux historiques de Garlaban. Qu'est-ce que la directrice avait donc de si urgent à lui révéler ? Elle se gara sur une place de livraison devant la porte principale et pénétra dans l'espace de vente. Quelques chalands se promenaient entre les blocs de savon vert olive, les crèmes et les savonnettes. Elle y reconnut Julie Panisse, les traits tirés par la fatigue. La double porte qui donnait accès au musée était fermée. La policière aborda l'employée :

— Bonjour, mademoiselle Panisse.

— Bonjour, lieutenant, salua celle-ci d'une voix faible. Puis remarquant que les clients ne pouvaient pas les entendre, elle chuchota.

— Vous allez bientôt attraper l'assassin de Matthias ?

— Nous y travaillons. Mme Charmette a souhaité me rencontrer. Où puis-je la trouver ?

— Elle est entrée dans son bureau il y a moins de dix minutes. Avancez jusqu'au fond, c'est la première à gauche.

Quand Margot Garcia pénétra dans la pièce, Irène Charmette lui sauta dessus, comme un diable sortant de sa boîte.

— Ah, lieutenant, je suis contente de vous voir ! J'ai une piste à vous soumettre, ou au moins un embryon de piste.

— Bonjour, madame Charmette, répondit la policière, surprise par cette énergie.

— Oh, je ne vous ai même pas saluée ! J'en suis désolée. Est-ce que je peux vous offrir un café ? proposa Irène en se dirigeant vers la machine.

Margot accepta et comprit l'état de son interlocutrice en remarquant sur la desserte un nombre conséquent de capsules de café percutées.

— Dévoilez-moi votre embryon d'indice, l'invita l'OPJ, son expresso à la main. De mon côté, j'aurai ensuite besoin d'informations sur Matthias Venasque.

— Avec plaisir.

Irène Charmette synthétisa les observations de François : les livres abîmés avaient tous été imprimés avant 1915, alors que les autres n'avaient subi aucune dégradation.

— Excellente remarque, constata Margot. Vous féliciterez votre fils. Avez-vous noté le thème de ces ouvrages ?

— Ils traitent de sujets variés, et nous n'en avons tiré aucune conclusion. Là, je coince. Mais je suis certaine qu'on tient une des clés du mystère !

— Envoyez-moi une copie des couvertures, avec le titre, le nom de l'auteur et le résumé, suggéra Margot en griffonnant son adresse e-mail sur un morceau de papier. Je mettrai des gens de mon équipe sur le coup.

— Bien sûr, je m'en occuperai en rentrant. Et à part ça, que voulez-vous que je vous raconte sur Matthias ?

La policière avait décidé de partager quelques éléments d'enquête avec la patronne de Garlaban.

— Hier, je me suis entretenue avec ses colocataires. Ce matin, j'ai rencontré sa mère qui était venue reconnaître le corps à Salon.

— Pauvre femme ! Perdre son enfant...

— Oui, il n'y a pas de mots. Ses colocs, tout comme elle, m'ont dit que Venasque paraissait nerveux, voire inquiet au cours de la semaine qui a précédé sa mort. Avez-vous remarqué quelque chose ?

Irène écarquilla les yeux puis plongea dans ses souvenirs.

— Il a assuré ses visites, et les clients étaient ravis, comme d'habitude. Comme je vous l'ai déjà expliqué, ce garçon était sympathique et nous avions de bonnes relations, mais nous travaillions sur un mode patron-employé. Il ne se confiait pas à moi.

— Vous a-t-il sollicitée pour des avances ?

— S'il m'a fait des avances ? sursauta Irène. Même si cela aurait été flatteur, vous ne pensez pas que j'ai passé l'âge ?

— Excusez-moi, je me suis mal exprimée. Des demandes d'avance financière...

— Oh, pardon. Je suis confuse... Non, jamais. Son salaire de base s'élevait à un SMIC et demi, au prorata des heures effectuées, évidemment. Quant aux pourboires, ils étaient généreux et il les méritait, mais ce n'est pas avec ça qu'il aurait acheté le *Phocéa*.

— Le yacht a coulé il y a quelques années, ne put s'empêcher de remarquer la policière.

— Quoi qu'il en soit, il ne m'a jamais fait part de difficultés financières.

— Merci, madame Charmette. Je souhaite maintenant rencontrer Julie Panisse. Elle semblait proche de la victime et a peut-être remarqué quelque chose.

— Bien sûr. Je vais la chercher et je la remplacerai en caisse et dans les rayons durant le temps nécessaire.

17.

Julie Panisse – 14 mai

Julie Panisse pénétra dans le bureau en se tordant les mains et s'installa face à Margot Garcia.

Irène Charmette lui prépara un déca pour la mettre à l'aise sans cependant la stresser plus que nécessaire et rejoignit l'espace de vente.

— Mademoiselle Panisse, j'ai quelques questions à vous poser au sujet de Matthias Venasque.

Une larme roula sur la joue de la jeune femme.

— Je ferai tout ce que je peux pour vous aider.

— Plusieurs témoins m'ont dit que, au cours de la dernière semaine, Matthias montrait des signes inhabituels de nervosité. Avez-vous remarqué quelque chose ?

Julie s'essuya les yeux et se redressa sur sa chaise.

— Oui, tout à fait.

— Vous en a-t-il donné les raisons ? espéra Margot.

— Non. Matthias, c'était quelqu'un de secret. Et en même temps, il était très joyeux et nous faisait toutes rire dans le magasin. C'est lui qui remontait le moral à ceux qui en avaient besoin.

— Et à vous, il vous a remonté le moral ?

— Je… je… préfère ne pas en parler. C'est personnel et ça n'a pas de rapport avec l'enquête.

— D'accord, je comprends. Pour revenir à Matthias, quels indices vous ont poussée à penser qu'il avait des problèmes ?

— Des absences quand on lui posait des questions, comme s'il ne nous écoutait pas. La veille de… sa… mort, il est même arrivé en retard pour la première visite de l'après-midi. D'habitude, il avait au moins un quart d'heure d'avance.

— Mme Charmette m'a affirmé qu'il était toujours ponctuel.

— Elle n'était pas à l'usine ce jour-là. C'est moi qui ai commencé à assurer le tour avec les clients et Mathilde tenait la caisse.

— Vous souvenez-vous de l'heure ?

— C'était la session de quatorze heures.

— Vous a-t-il donné une raison pour justifier son retard ?

— Il m'a dit… qu'il avait rencontré des gens qui lui permettraient de « se sortir d'un petit problème. » Je le cite. J'ai compris à son ton que le problème ne devait pas être si petit que ça. Et… je l'ai supplié de me laisser l'aider. Je peux vous dire quelque chose en *off*, sans que vous le notiez dans votre compte rendu ?

Pourrait-elle garder confidentielle cette confession dévoilée sous le sceau du secret ? Elle n'hésita cependant pas et accepta. Elle n'allait pas rater une information potentiellement essentielle à la suite du déroulement de l'enquête.

— Je vous écoute, mademoiselle.

— Je suis… j'étais amoureuse de lui.

Margot lui sourit pour l'inviter à continuer.

— Ça peut paraître stupide, n'est-ce pas ? Cela ne faisait que trois semaines qu'on se connaissait. Vous n'avez jamais vécu ça, ce coup de foudre où vous savez qu'une personne est votre âme sœur ?

Margot était sortie avec plusieurs garçons, mais elle n'avait jamais croisé l'âme sœur… plutôt des abrutis qui lui avaient appris à devenir sélective.

— Je n'ai pas encore expérimenté cela.

— Dès que je l'ai vu, je suis tombée sous son charme.

— C'est beau… mais il me semblait que vous aviez déjà un compagnon. Je ne me rappelle plus qui m'a dit ça.

— Sans doute Mme Charmette, Valentine ou Mathilde. Oui, je partage ma vie avec quelqu'un. Enfin, façon de parler… Il traîne en permanence avec ses amis, à jouer à des jeux vidéo ou à partir en virée à moto. Il ne pense à moi que lorsque son emploi du temps est vide.

La policière se garda de tout commentaire.

— Avec Matthias, c'était autre chose. On se sentait exister. Il avait toujours un mot gentil. Parfois, il imitait la patronne – quand elle était absente, bien sûr – et on était mortes de rire. Et pour ne rien gâcher, il était super beau gosse.

Margot décida de creuser le sujet. Le personnage de Matthias Venasque gagnait en complexité. Il était amoureux fou d'une Sophia. Amoureux au point de se fâcher avec sa mère et de quitter le domicile familial pour rejoindre Salon-de-Provence. Ces derniers temps, on l'avait vu plusieurs fois en compagnie d'une Natacha Fernandez dans un bar et, d'après le serveur, ils étaient très proches ! Dans les deux cas, il s'agissait de filles assez… extraverties. Et puis il s'était fait embaucher chez Garlaban et avait séduit les employées. Un garçon charmant, drôle, qui savait trouver les mots justes. Julie, que Margot ne décrirait pas comme une aventurière, semblait prête à chambouler son existence pour ce garçon tombé de nulle part.

— Je suis désolée de vous poser la question si abruptement, mais Matthias éprouvait-il la même passion pour vous ?

Le visage de Julie se tendit.

— Très franchement… si… non… enfin si, je crois…

— Nous ne sommes que toutes les deux, Julie. Si vous pouvez me donner des informations qui aident à arrêter son assassin, n'hésitez pas. Si cela ne concerne que votre vie privée et n'a pas de lien avec l'affaire, je vous promets que vos révélations n'apparaîtront dans aucun dossier.

Julie inspira un grand coup et se lança :

— Cet après-midi-là, après la troisième et dernière visite, on s'est retrouvés tous les deux. Mme Charmette n'était pas là et Mathilde était déjà partie. Je ne sais pas ce qui m'a pris, mais je l'ai amené dans ce bureau. Et on l'a fait…

— Vous l'avez fait ? Vous voulez dire… que vous avez fait l'amour, c'est ça ?

— Oui, sur cette table. Je ne comprends pas pourquoi…

— Parce que vous en aviez envie… et lui aussi.

— Au début, il n'y tenait pas trop. Il m'a parlé de mon copain. Mais, je l'ai allumé… ça me ressemble si peu d'agir comme ça ! Je ne sais pas pourquoi, mais j'ai perdu toute inhibition. Il n'a pas résisté longtemps… c'était trop enivrant… même si maintenant, j'en ai honte.

— Et après ? la calma Margot.

— Comment ça, après ?

— Par exemple, lui avez-vous montré où se trouvait le double des clés sans doute utilisées pour entrer de nuit ?

Julie Panisse prit soudain conscience des conséquences de son geste.

— Peut-être… Par pitié, ne répétez pas ce que je viens de vous raconter.

— Je noterai juste que vous vouliez vérifier ensemble le planning des jours à venir dans le bureau. C'est crédible ?

— Oui, tout à fait. Merci, merci…

— Avant de partir, s'est-il ouvert à vous sur les soucis qui le tenaillaient ?

— Il m'a remerciée pour ce moment qu'on avait passé tous les deux. Il m'a dit que ça lui avait fait un bien fou d'être avec quelqu'un en qui il avait toute confiance. Pour moi, c'était le début d'une magnifique aventure, même si elle n'a duré que quelques heures.

Margot n'eut pas la cruauté d'évoquer Natacha Fernandez. De toute façon, Julie n'en avait jamais entendu parler. Elle ne lui demanda pas non plus si, à son avis, Matthias Venasque avait cédé à ses avances uniquement pour disposer des clés du musée. Ce qui était sûr, c'est que son cambriolage nocturne était prémédité.

18.
Le bibliothécaire – 14 mai

Après avoir bu le thé chez Sandrine Larger, l'amie qui lui avait donné les livres exposés dans la petite collection du musée, Irène Charmette s'était décidée instantanément. Elle était rentrée, avait laissé sur le réfrigérateur un message incitant ses hommes à s'acheter des pizzas pour le dîner et, à dix-huit heures trente, avait pris la direction des Alpilles.

Sandrine Larger lui avait raconté l'histoire de la collection de son arrière-grand-père. Elle avait même invité sa mère pour lui en apprendre davantage. Très élégante, les cheveux artistiquement bleuis par le coiffeur local, la septuagénaire s'était volontiers pliée à la demande. Cet ensemble d'ouvrages avait été expertisé une vingtaine d'années plus tôt. Mme Larger mère avait sollicité deux spécialistes : un commissaire-priseur qui exerçait à Marseille et Aristide Domazan, un ancien responsable de la bibliothèque de Salon-de-Provence. Si le premier lui avait envoyé un devis dans le temps imparti, le second s'était déplacé chez elle pour consulter les livres avant de se prononcer. La compétence de Domazan avait tout de suite frappé Mme Larger mère, mais pas autant que le caractère irascible du spécialiste. Leur unique rencontre s'était terminée par une dispute épique. Fin de l'histoire.

Irène avait tout d'abord appelé l'étude du commissaire-priseur marseillais. On lui avait rapidement expliqué que le collaborateur impliqué avait quitté la société et que le dossier ne serait pas rouvert. Une fin de non-recevoir dans les formes, mais non négociable. Elle avait un instant hésité à contacter le lieutenant Garcia. Pour une enquête sur un homicide, ces documents seraient réapparus dans la minute. Mais, dans un premier temps, elle préférait mener ses propres investigations.

Elle avait donc demandé à une amie à la mairie si elle disposait de l'adresse de Domazan. Celui-ci habitait dans un village des Alpilles. Toutefois, il n'avait pas communiqué son numéro de téléphone à ses anciens collègues et s'était inscrit sur liste rouge. Son amie avait eu l'occasion de travailler avec lui il y a une trentaine d'années, avant qu'il prenne sa retraite. Le bibliothécaire avait réussi à se faire détester de tout le monde. Irène ne s'était pas arrêtée à cette description peu flatteuse et voulait le rencontrer. Dragon ou pas dragon, elle exploiterait ses souvenirs.

Le soleil couchant adoucissait le contour des escarpements rocheux du massif des Alpilles. Irène avait quitté la départementale pour rejoindre le village de Domazan : une petite route comme elle les aimait. Enserrée entre deux parois au calcaire blanc sur lesquelles s'accrochaient cades et chênes biscornus, elle tournait au rythme des obstacles naturels. Irène venait de changer de planète et espérait juste qu'un véhicule ne déboulerait pas en face sans crier gare. Comme dans toutes les régions montagneuses de France, et sans doute du monde, certains habitués pensaient avoir un don pour voir à travers les rochers et ne respectaient qu'aléatoirement des règles de sécurité élémentaires.

Aucune rencontre désastreuse à déplorer. Au sortir d'un virage, le village s'offrit à elle. Des maisons en pierre claire et aux toits de tuiles ocre reflétant les rayons du soleil de fin de journée. La rue principale bordée de platanes à l'ombre bienfaisante menait à une placette. Irène gara sa voiture le long d'un trottoir vaguement dessiné et coupa le moteur. Elle ouvrit sa fenêtre, inspira longuement et s'accorda un moment de détente. D'un coup, le bruissement des insectes et les roucoulements de tourterelles cachées dans le feuillage vert tendre des branches envahirent l'habitacle. Elle huma avec délectation le parfum de la garrigue. Voilà pourquoi elle s'était installée en Provence ! Revigorée avant sa confrontation, elle quitta son véhicule et se dirigea vers la place du village. Une petite école qui n'accueillait plus d'élèves depuis plusieurs décennies semblait encore veiller sur la destinée de la commune : une de ces écoles de la République où un unique instituteur enseignait à tous les enfants jusqu'à l'obtention de leur certificat d'études. Un bar-restaurant accueillait sur une terrasse protégée par un vénérable pin parasol une bonne moitié de la population masculine de l'agglomération. À côté, une épicerie-boulangerie-boucherie-droguerie proposait de quoi survivre sans se rendre jusqu'à Salon ou Saint-Rémy-de-Provence. Où trouver plus d'informations qu'auprès d'habitués d'un café de village ?

— Bonjour messieurs, lança-t-elle à la cantonade.

Animatrice des chants à la chorale de la collégiale Saint-Laurent, Irène possédait une voix suffisamment forte pour arrêter une partie de cartes acharnée. Une quinzaine de paires d'yeux se tourna vers elle. Elle adressa un grand sourire aux joueurs surpris et demanda :

— Je suis désolée de perturber votre apéritif que je suis la première à respecter. Mais j'aurais besoin d'un renseignement.

— Et qu'est-ce qu'elle veut savoir la p'tite dame ? s'enquit un client à la peau ridée comme un parchemin, casquette vissée sur l'arrière du crâne.

— Elle voudrait savoir où habite M. Domazan.

— Domazan ? interrogea un jeune retraité, perplexe.

— Oui, Aristide Domazan.

— Ah, le fada ! Celui du domaine de l'Ermite ! Pourquoi une jolie fillette comme vous a affaire au dernier ours des Alpilles ?

Irène accepta la flatterie de bonne grâce. Après tout, hormis lorsqu'elle faisait son marché, on ne l'appelait plus guère « jolie fillette ».

— J'aimerais parler de livres avec lui.

— Eh bé, on vous souhaite bien du courage. Remarquez, vous vous en sortez bien. Son chien est mort il y a six mois. Ce bâtard était aussi fada que lui. Il ne pouvait pas voir bouger quelque chose sans chercher à y planter ses crocs : une chèvre, un facteur, un touriste. Il courait même derrière la camionnette du vendeur de surgelés quand il faisait sa tournée. La pauvre bête a fini écrasée par le tracteur du Marcellin. Enfin, je dis pauvre bête, mais personne ne s'est plaint lorsque cette rangée de dents sur pattes a disparu !

— Eh bien puisque c'est mon jour de chance et que je ne risque rien pour mes mollets ni pour les jantes de ma voiture, où puis-je trouver ce charmant monsieur ?

— Si vous y tenez vraiment, lâcha le patron du bar en lui mettant de force le pastis de l'amitié dans la main, je vais vous expliquer où vous pourrez peut-être l'apercevoir.

— L'apercevoir ?

— Je pense que la personne qui a réussi à s'approcher à dix mètres de sa porte d'entrée détient le record.

— Vous n'êtes pas encourageant, mais ça ne m'arrêtera pas, affirma Irène en portant à sa bouche la boisson anisée.

Le patron, aidé par la clientèle qui ajoutait à chacune de ses explications une anecdote sur Aristide Domazan, décrivit le chemin qui menait de son établissement à la tanière du fada.

Irène refusa le second verre de l'amitié, remercia ses guides et remonta dans sa voiture. Elle soupira. Elle n'avait pas voulu montrer son désarroi aux villageois. Cependant, elle n'avait pas d'autre choix que de forcer le misanthrope à lui dévoiler ce qu'il savait de la collection des Larger.

19.

Aristide Domazan – 14 mai

Le domaine de l'Ermite était à l'image de son propriétaire : redoutablement inaccessible. Irène avait dû laisser sa voiture à l'entrée du chemin qui menait à l'ancienne bâtisse. Elle craignait de crever ou d'abîmer le fond de caisse avec les rochers aux formes irrégulières qui recouvraient le sol aléatoirement.

Si elle avait eu le cœur à la poésie, elle aurait apprécié la solitude qu'offrait ce paysage nimbé des couleurs orangées du crépuscule. Le parfum des buissons de jasmin blanc en fleur qui décoraient le portail d'entrée de l'ancienne demeure de maître aurait pu être enivrant. Mais elle se préparait à un combat qu'elle ne devait pas perdre… pour peu que le bibliothécaire se trouve dans sa maison et non en balade dans la garrigue. Cette première angoisse fut vite chassée lorsqu'une silhouette apparut devant la façade, un seau à la main. Le surnom d'« ours des Alpilles » était particulièrement bien adapté à l'apparence physique de M. Domazan. Un mètre quatre-vingt-dix, plus d'un quintal et une chevelure blanche qui, associée à sa barbe hirsute, lui donnait l'air d'un prédicateur fou. Il portait un pantalon en velours usé jusqu'à la trame et un vieux pull vert en laine aux coudes troués. Encourageant… Allez, inutile de tourner autour du pot.

— Monsieur Domazan ! lança-t-elle d'une voix puissante.

L'homme, qui ne l'avait pas vue arriver, s'arrêta net. Puis il la scruta pendant une bonne dizaine de secondes.

Décidant qu'elle n'allait pas y passer la nuit, Irène tenta d'amorcer la conversation.

— Bonjour, monsieur Domazan. Je suis Irène Charmette, savonnière à Salon. Je viens solliciter votre expertise sur…

— Y a rien à solliciter !

— C'est votre ancienne collègue, Mme Duchemin, qui m'a dit que vous pourriez m'aider.

— Je me fiche de Duchemin et je n'ai aucune intention d'aider qui que ce soit. Alors déguerpissez de ma propriété !

L'agressivité du bibliothécaire était plutôt impressionnante, mais Irène ne pouvait pas se payer le luxe d'être impressionnée.

— Vous êtes un expert de la littérature et de l'édition provençale, monsieur Domazan, et…

— Et j'ai envie qu'on me foute la paix ! J'ai le droit, non ? Pendant trente-cinq ans, j'ai travaillé entre Salon et Marseille avec des gratte-papier qui se proclamaient « experts » et ne brillaient que par leur incompétence et leur prétention. Il me faudra au moins autant d'années dans ces montagnes pour oublier ces « experts » qui pétaient plus haut que leur cul ! Suis-je clair ?

Si la logorrhée d'Aristide Domazan n'apeurait pas la passionnée de Garlaban, elle ne savait pas comment le gagner à sa cause.

— Et maintenant, c'est une bonne femme sortie de je ne sais où qui vient me harceler ! Comme toutes les autres, vous êtes née pour m'emmerder ou ce sont mes anciens confrères qui vous ont missionnée pour le faire ?

D'un seul coup, la résolution du mystère de la collection Larger passa au second plan. Le sang d'Irène ne fit qu'un tour. Elle marcha vers son adversaire, méprisant les cinquante kilos qu'elle lui rendait, et pointa du doigt l'homme stupéfait.

— Mais pour qui vous prenez-vous, sale bonhomme ? Qui êtes-vous pour parler comme ça aux gens ? Vous pensez qu'habiter dans un coin reculé vous donne tous les droits ? Non, vous n'avez pas le droit de m'insulter ! Le respect, monsieur Domazan, ce n'est pas une option. C'est la base de la société, qu'on l'apprécie ou pas.

— Mais…, tonna le géant.

— Y a pas de « mais ». J'ai pas terminé ! Que vous ayez acheté votre tranquillité, je vous l'accorde. Mais cela ne vous autorise absolument pas à vous comporter comme un rustre et de m'injurier !

Le bibliothécaire tenta de récupérer l'avantage, mais Irène ne lui en accorda pas l'occasion.

— Et ne croyez pas un instant que vous m'impressionnez avec vos grands airs ! Je préside tous les mois le comité d'entreprise avec les syndicats. Alors ce n'est pas un fonctionnaire municipal à la retraite qui va m'effrayer !

Comme elle s'apprêtait à poursuivre sa diatribe, Aristide Domazan éclata de rire, laissant son interlocutrice pantoise. Il s'assit sur un banc, posa le seau qu'il avait gardé en main durant leur altercation et sortit un mouchoir pour s'éponger les yeux. Irène ne dit rien, surprise par sa réaction.

— Bravo madame, je dois avouer que cela faisait longtemps qu'on avait osé me tenir tête. Cela étant…

— Cela étant, monsieur Domazan, reprit Irène plus calmement, j'ai absolument besoin de vous pour m'aider à retrouver l'assassin d'un jeune homme de vingt-cinq ans. Un jeune homme qui respirait la joie de vivre et s'est fait poignarder avant-hier.

Elle avait décidé de jouer son va-tout. Domazan avait été frappé par la grâce d'une once d'humanité, elle devait enfoncer le clou. Ça passerait ou ça casserait ! L'étonnement marqua les traits du solitaire.

— Et en quoi mon expertise sur les livres anciens permettrait-elle d'arrêter un meurtrier ?

C'était gagné. Domazan avait mordu à l'hameçon, en oubliant d'interpréter sa partition de misanthrope.

— Je vais vous l'expliquer, monsieur Domazan. Pouvons-nous nous asseoir quelque part ?

Le bibliothécaire lui proposa de s'installer sous une tonnelle embaumée par le parfum d'un massif de roses entretenu avec soin. Irène profita de ce moment de détente pendant que son hôte forcé allait changer de tenue. Elle avait bien cru perdre son pari, et sa sainte colère n'était pas feinte. Domazan n'avait sans doute pas rencontré assez de personnes prêtes à le remettre à sa place.

À sa stupéfaction, l'homme, chemise blanche, nœud papillon et veste de blazer, revint avec un plateau à la main. Une bouteille de pastis, de l'eau, des glaçons, du pain aux olives et des petits fromages de chèvre. Son monde venait de basculer !

— Je n'ai pas tous les jours l'occasion de prendre l'apéritif en bonne compagnie, commença Aristide Domazan.

Irène eut le tact de ne pas lui faire remarquer que son accueil donnait plus envie de prendre ses jambes à son cou qu'un verre de pastis.

— Alors, expliquez-moi comment je peux vous aider à venger ce pauvre garçon, la lança-t-il en servant de généreuses rasades.

Irène lui relata avec suffisamment de détails le meurtre et la découverte qu'ils avaient faite sur les livres.

— Je me souviens parfaitement avoir été consulté pour la vente de cette collection, grommela-t-il.

Son invitée craignit un instant qu'il reparte dans une colère à la réminiscence de son altercation avec Mme Larger mère, mais une grande gorgée d'alcool et un vigoureux claquement de langue le remirent dans le droit chemin.

— L'arrière-grand-père de votre amie, Casimir Larger, était un érudit. Pour se procurer des ouvrages rares, il n'avait pas hésité à parcourir la Provence. En revanche, pour compléter sa collection, il avait acquis d'anciens fonds de bibliothèques municipales ou privées. Avez-vous la liste exacte des livres qui ont été saccagés ?

Irène sortit son téléphone. Elle avait photographié la couverture et les premières pages intérieures de chacun des recueils vandalisés. Domazan examina en détail les images qui défilaient et déclara :

— Tous ces opus ont une origine commune : la bibliothèque de Salon-de-Provence.

— Comment savez-vous cela ? Ils ont été achetés au moins un demi-siècle avant que vous n'y travailliez.

— Parce que je suis un expert, lâcha Domazan en souriant.

L'homme s'était transformé, et Irène s'en réjouissait car, en quittant le bar du village, elle n'aurait pas parié gros sur sa réussite.

— La vente a eu lieu en 1916, continua-t-il. Entre le terrible tremblement de terre qui avait frappé la région en 1909 et la guerre, la situation économique était très mauvaise. La ville avait besoin d'argent. Elle a donc bradé tout le patrimoine qui n'était pas nécessaire à sa survie à court terme. Casimir Larger a dû faire partie des acquéreurs.

— Merci pour cette explication. Avez-vous une idée de ce qui aurait pu motiver l'assassin à saccager ces ouvrages ? Je l'imagine mal passionné par un traité sur le canal de Provence ou par les œuvres de Frédéric Mistral.

— Comme vous l'avez judicieusement noté, le contenu de ces recueils n'a sans doute aucune importance pour ces gougnafiers. Par contre, qu'est-ce qui pourrait pousser quelqu'un à tuer pour un livre ? J'ai peut-être une piste, mais je ne sais pas si elle vaut le coup d'être évoquée.

— Tout ce que vous pourrez dire m'intéresse, Aristide.

Le vieux solitaire rosit légèrement. Cela faisait tellement longtemps qu'une femme ne l'avait pas appelé par son prénom.

— Jules Soubeyran, qui a géré la bibliothèque de Salon de 1888 à 1915, était un érudit lui aussi. Il est mort à Verdun au début de la bataille à près de cinquante ans. Si ce n'est pas malheureux ! Soubeyran était passionné par Nostradamus, notre grand homme salonais. Une tradition dit qu'il aurait découvert un manuscrit d'une immense valeur écrit de la main même de l'illustre médecin. Il l'aurait caché avant de partir au front en 1915.

20.

Les œuvres de l'astrologue – 14 mai

— Nostradamus ? répéta Irène à l'évocation du célèbre astrologue. LE Nostradamus ?

— Eh oui, chère Irène, celui à qui notre ville a consacré un musée.

La conversation avait pris un tour mondain qui n'étonnait même plus la savonnière. L'arrivée du fameux astrologue-apothicaire dans cette histoire apportait un nouvel éclairage à l'affaire.

— C'est passionnant ! Pouvez-vous me donner plus de détails ?

— J'ai quatre-vingt-cinq ans et…

— Et vous les portez bien, Aristide.

Aristide Domazan s'arrêta un instant, déboussolé. Le débarquement d'Irène Charmette venait, en quelques minutes, de changer sa vision de la gent féminine. Il se racla la gorge et poursuivit :

— Hem, je pense qu'il faut que je vous remercie pour le compliment. Il est vrai que je crapahute tous les jours dans les collines. Mon fidèle chien n'est plus là, mais cela me permet maintenant d'observer des animaux qu'il effrayait en aboyant. Mais, je m'égare. Ce que je voulais vous expliquer, c'est que j'ai eu la chance, tout au début de ma carrière, de rencontrer un bibliothécaire qui avait connu Jules Soubeyran et c'est lui qui m'a raconté tout ça.

— Cette histoire vous paraît-elle sérieuse ?

— J'ai toujours été dubitatif. Mais le meurtre de votre jeune employé semble montrer que d'autres personnes lui accordent du crédit.

— Si ce texte existait, quelle pourrait en être la teneur ?

— Nostradamus a exercé de nombreuses fonctions au cours de sa vie. Ses œuvres les plus célèbres sont bien sûr les *Prophéties*. Féru d'astrologie, il a écrit trois cent cinquante-trois quatrains prophétiques. À chaque début d'année, ils font le bonheur des journaux qui publient une palanquée d'articles sur les prédictions de notre fameux mage. Il a été suffisamment fin pour utiliser un style sibyllin et un mélange de français, de grec, de latin et de provençal. Cela maintient un débat encore animé entre exégètes.

— Et vous y croyez ?

— Sincèrement, j'ai une tête à y croire ? demanda-t-il en fronçant des sourcils broussailleux dignes d'un rôle de Lucifer dans une pièce mettant en scène le prince des Ténèbres.

— S'il s'agissait d'une trois cent cinquante-quatrième prophétie, aurait-elle une valeur marchande ?

— Si nous nous trouvions en présence d'un original, sans aucun doute. Contactez un riche illuminé et informez-le qu'il existe une prédiction inconnue du maître incontesté du genre. Je suis persuadé qu'il serait prêt à y engloutir une petite fortune !

— Jusqu'à tuer ?

— Les gens nichés en haut de la pyramide ne veulent pas savoir comment ceux d'en bas se débrouillent pour leur permettre de réaliser leurs rêves.

— Une prophétie…, soupira Irène en se massant le cou.

— Mais si le fameux document de Soubeyran existe, cela peut être tout autre chose. Avant d'être astrologue, ou tout en l'étant, Nostradamus était également médecin et apothicaire.

— Effectivement, j'ai vu ça au musée l'an dernier. Il a rédigé un recueil sur les confitures, n'est-ce pas ?

— Le *Traité des fardements et des confitures*, que vous pouvez encore trouver en librairie, en effet. Mais je ne pense pas qu'une recette de marmelade ait déclenché un assassinat, aussi délicieuse soit-elle. Cependant, en tant qu'apothicaire, le maître a travaillé sur les produits de beauté.

Irène se figea. Des produits de beauté ? Un lien direct avec l'activité de Garlaban…

— À partir de la Renaissance, enchaîna Aristide Domazan, il a été de bon ton dans la noblesse d'avoir le teint le plus pâle possible. Nostradamus a participé à cette mode en proposant quelques recettes, notamment à base de céruse. Elles ont fait fureur pendant de nombreuses décennies, voire des siècles, jusqu'à ce que les gentes dames prennent conscience de la dangerosité de ce cosmétique pour leur peau.

— Et pourquoi ?

— Parce que la céruse est produite à partir de plomb, hautement toxique, comme vous le savez. L'histoire dit que certaines recettes préconisaient même d'utiliser de la poudre à canon.

— Je ne pense pas qu'un meurtre ait été commis pour récupérer un tel tissu d'âneries !

— Âneries au XXIe siècle, mais pas au XVIe. Cependant, je suis d'accord avec vous. Reste une dernière possibilité.

— Je vous écoute.

— Nostradamus était aussi médecin et a toujours étudié les bienfaits des plantes, ce qui lui a causé quelques problèmes. Un médecin officiel ne s'abaissait pas à confectionner des pommades et des onguents. Peut-être que le mystérieux document de Soubeyran contient une de ces recettes, transposable de nos jours ? Ma question va vous sembler stupide, mais une crème ou un savon directement issu du savoir de Nostradamus générerait-il un confortable bénéfice commercial ?

— En France, pas vraiment, mais en Asie…, réfléchit Irène. La divination est un art très respecté dans ces pays-là. J'imagine qu'un bon plan marketing permettrait de valoriser la double personnalité de Nostradamus : mage et apothicaire. Mais nous multiplions quand même les hypothèses. Il faudrait d'abord que le texte caché de Soubeyran existe, ensuite, que ce document ait un intérêt historique, qu'il soit lié au monde du cosmétique… et surtout que l'assassin en ait eu connaissance. Aristide, qui pourrait être au courant de la présence de ce manuscrit ?

— Je n'en ai malheureusement aucune idée. Cependant, il y a une dernière chose que je voulais partager avec vous. Comme vous l'avez remarqué, je ne fais pas partie de la crème des psychologues. Mais j'ai tendance à supposer que si votre employé a été tué, c'est que son complice et lui n'ont pas trouvé ce qu'ils cherchaient.

— Et qu'en déduisez-vous ?

— Soit que ce fameux texte n'existe pas, soit que les ouvrages dans lesquels Soubeyran aurait pu le dissimuler n'étaient pas tous rangés dans votre bibliothèque.

Irène s'accorda le temps d'analyser cette hypothèse.

— Mais oui, évidemment ! Tous les livres ne rentraient pas dans le meuble. J'ai donc stocké quelques cartons à la cave. Ils y prennent la poussière depuis plusieurs années.

— Alors à l'occasion d'un nettoyage de printemps, allez y jeter un coup d'œil. Mais je ne vous promets pas que vous découvrirez quelque chose. Les paroles de Jules Soubeyran ont peut-être été déformées avant d'arriver à mes oreilles.

— Mon cher Aristide, vous m'avez délivré plus de renseignements que je n'osais en attendre. J'informerai la police de cette piste. Et j'exhumerai demain ces fameux cartons. Après les déménagements récents de nos enfants, nous avons entreposé de nombreux trucs et autres bidules à la cave. La recherche de cet hypothétique document de Nostradamus risque de devenir une épopée digne de Howard Carter et Lord Carnarvon. Maintenant, il ne me reste plus qu'à redescendre et me régaler des parts de pizza froide que mes hommes m'auront laissées. Comment pourrais-je vous remercier pour votre aide ?

— Il y a une manière très simple, annonça Domazan, l'air décidé.

— Je vous écoute.

— Il est plus de vingt heures, l'heure de dîner. Pourquoi se contenter de pizza froide alors que nous possédons un excellent petit restaurant au village ? Je n'y ai pas mis les pieds depuis cinq ans, mais le cuisinier y préparait certains soirs une pissaladière et un aïoli servi avec une morue à se damner. Auriez-vous l'amabilité de partager mon repas si je vous invitais ?

Stupéfaite, Irène accepta sans réfléchir. Demain, et dans les dix années suivantes, tout le village se souviendrait de la « jolie fillette » qui avait sorti l'ours des Alpilles de sa tanière.

21.
L'ordinateur – 14 mai

Margot Garcia n'avait pas la patience d'attendre le lendemain. Elle avait sollicité une dernière fois leur expert en informatique, mais le stagiaire était démuni face au cryptage de l'ordinateur. Elle avait donc tenté sa chance avec Hubert Pasmard. L'ingénieur avait prévu de passer la soirée à regarder une série. Elle ne lui avait pas laissé le temps de refuser en lui annonçant directement qu'elle serait chez lui un quart d'heure plus tard.

Dix-neuf heures trente. Elle sonna à l'appartement du cours Victor-Hugo. Elle avait annulé son dîner au restaurant avec les filles de son groupe de danse : la salsa attendrait qu'elle ait serré le meurtrier de Matthias Venasque. Quand la porte s'ouvrit, elle nota tout de suite l'effort de présentation de l'informaticien. Les cheveux disciplinés à force de gel, la barbe presque taillée, un tee-shirt blanc fraîchement repassé arborant la tête de Yoda en lunettes de soleil. Le short et les espadrilles détonnaient légèrement, mais des fragrances musquées de parfum finirent de convaincre la policière qu'elle n'avait pas laissé son témoin insensible. Autant en profiter ! Ils se saluèrent et Hubert Pasmard proposa sans préambule :

— Euh… j'ai préparé du houmous maison. Vous voulez le goûter ?

Il ne manquait plus qu'un bouquet de fleurs et on se serait cru à un premier rendez-vous amoureux ! La bonne odeur de pain grillé rappela à Margot que ses gnocchis du déjeuner n'étaient plus qu'un lointain souvenir. Elle accepta donc l'invitation puis, une bouteille de Zoumaï dans une main et un toast tartiné de houmous dans l'autre, elle s'assit à côté de son hôte à son bureau de travail.

— J'apprécie votre collaboration en cette heure tardive, monsieur Pasmard.

— Moi, c'est Hubert, se força le jeune homme pour tenter de briser la glace.

— Votre accueil est sympa, mais nous nous en tiendrons ce soir à « monsieur Pasmard » et « lieutenant Garcia ».

— Bien, bien, se dépêcha d'approuver l'informaticien.

Même s'il partageait une bière avec une jolie brune, elle était d'abord policière et il ne devait pas l'oublier.

— Merci de m'accorder un peu de votre temps et de vos compétences. Cette saleté, annonça-t-elle en sortant de son sac à dos l'ordinateur portable de la victime, me donne du fil à retordre. Notre spécialiste est en vacances et son remplaçant s'est cassé les dents sur le mot de passe.

Pasmard esquissa un sourire et se saisit de la machine. Il la brancha, l'alluma et, moins d'une minute plus tard, la photo de Matthias au milieu d'une troupe d'acteurs de théâtre apparut à l'écran.

— Alors là, félicitations ! Quand je pense que mon gars a bossé plus d'une heure dessus sans y parvenir.

— Je n'ai pas vraiment de mérite. Matthias m'avait demandé de lui sécuriser l'accès à son ordi il y a une dizaine de jours. C'est donc moi qui lui ai fourni les codes.

— Il y a dix jours ? Vous a-t-il expliqué pourquoi il voulait ce surplus de protection ?

— Je l'ai fait pour lui rendre service sans poser de questions.

— Savez-vous ce qu'il stocke sur son disque dur ?

— Non, je ne suis pas allé fouiller.

— Eh bien, nous allons le faire ensemble.

À la fois gêné et ravi de découvrir les secrets de cet étrange ami, Hubert Pasmard s'étira les doigts et se réinstalla face au clavier.

— Visitons d'abord le répertoire photo, ordonna la policière. On y trouvera peut-être des portraits de Sophia et Natacha.

— C'est qui, ces filles ? s'étonna le coloc.

Margot avait prévu de lâcher quelques informations. On n'attrape pas les mouches avec du vinaigre.

— Son ancienne copine marseillaise et la fille qu'il a rencontrée au *Dice*.

— Je suis curieux de voir ça, s'anima l'informaticien. À mon avis, connaissant le Matt, c'est du *high level*. Je remonte à quelle date pour Sophia ?

— Octobre à décembre de l'année dernière.

— C'est comme si c'était fait, Ma'am.

Il pianota et sélectionna rapidement une liste de fichiers qu'il ouvrit à l'écran.

— Ben mon cochon, siffla-t-il en découvrant son ex-colocataire à côté d'une jeune femme rêveuse. Un selfie réalisé avec la Bonne Mère en arrière-plan.

— Cherchez s'il y en a d'autres.

Pasmard conserva quatre photos sur lesquelles apparaissait la même femme. Le visage ovale, la bouche sensuelle, un nez droit et fin et de magnifiques yeux verts sous des sourcils épilés : les cheveux bruns bouclés en forme d'accroche-cœur qui cachaient une partie de son front lui conféraient une douceur angélique. De surprise, Hubert n'avait pas prononcé un mot. Margot se souvint de la description de Madeleine Venasque : « Un joli visage, mais trop maquillé et le regard absent. »

— Vous ne l'aviez jamais vue avec Matthias ? interrogea Margot en devinant la réponse d'avance.

— Alors là, vous pouvez être sûre que je ne l'aurais pas oubliée ! Franchement, je comprends pourquoi Matt a quitté Marseille pour la retrouver. Mais vous avez vu comme elle est belle ?

— J'ai vu, j'ai vu. Faisons maintenant un saut dans le temps. Cherchez si vous trouvez des photos prises au cours des six dernières semaines. On va se donner un peu de marge.

22.
Natacha – 14 mai

Hubert Pasmard ne se fit pas prier pour plonger dans la vie privée de son ami. Il afficha une liste d'une centaine de fichiers et les ouvrit l'un après l'autre. Quelques clichés de Salon sous un coucher de soleil s'affichèrent, des photos de répétitions avec sa troupe théâtrale… Margot perdait espoir, quand elle arrêta net l'ingénieur dans son défilement.

— Vous les connaissez ? s'étonna Hubert en scrutant les deux hommes qui apparaissaient sur l'écran en compagnie de Matthias Venasque. Les trois personnages se tenaient par les épaules dans un lieu qu'elle ne reconnut pas, où l'on pouvait voir une pièce avec une table et des verres posés dessus, un décor banal.

— Un des deux, mentit la policière. Il s'agit de Baptiste Lebel. Le collègue barman de votre ami Manu.

— C'est lequel ?

— Le grand.

— On dirait un héron en déséquilibre. Le deuxième assure mieux, mais il a des yeux flippants. Le mec avec qui t'as pas envie de te créer des embrouilles !

Margot ne répondit pas, encore interloquée par ce qu'elle venait de découvrir. Que faisait le lieutenant

Paul Bercacci en compagnie de Matthias Venasque et de Baptiste Lebel ? Incroyable ! Jamais, durant leurs briefings, il n'avait évoqué le fait qu'il le connaissait ! Elle allait y réfléchir à tête reposée et garder cette information pour elle pour le moment. Si elle devait la divulguer, elle profiterait de l'effet de surprise.

— Vous chargerez ce fichier sur la clé que je vous ai donnée, s'il vous plaît.

— Bien sûr. Cela étant, qu'il se fasse tirer le portrait avec le serveur du *Dice* et un autre gars, ça n'a rien d'extraordinaire. C'est sans doute un de ses potes.

— Sans doute… Pouvons-nous passer aux photos suivantes ?

— Il n'en reste plus qu'une, précisa Hubert en s'exécutant.

La dernière répondit aux attentes de Margot. Dans un appartement qui n'était pas le sien, Matthias Venasque tenait, assise sur ses genoux, une blonde avec des couettes à la Harley Quinn : Natacha.

— Voilà la fille avec laquelle il sortait ! Si j'arrivais à m'en trouver une à moitié aussi canon, je serais comme un fou !

Les vêtements portés par Natacha étaient nettement plus suggestifs que ceux de Sophia, mais c'est le regard que le garçon posait sur elle qui intrigua la policière. Elle n'y lisait que de la tendresse.

— Faites un gros plan sur le visage.

Natacha et Sophia n'étaient qu'une seule et même personne, il n'y avait aucun doute là-dessus ! Elle s'était teint les cheveux, avait changé de coiffure, appliqué un maquillage provocant, mais c'était la même. Margot nota la cicatrice au coin de la bouche. Elle ne l'avait pas notée sur les photos marseillaises. Elle s'accorda le temps de la réflexion, réflexion coupée par une proposition de son hôte.

— Une seconde bière ?

— Non, ça ira, merci.

— Je vais quand même m'en chercher une pour la boire à la santé de Matt. Une bombe à Marseille, puis une autre aussi bien fichue à Salon, il cachait bien son jeu, notre pote.

— Vous n'avez pas remarqué ?

— Quoi ?

— Que c'est la même !

— Vous me chambrez ? Il y a une brune que vous avez envie de serrer dans vos bras comme dans une comédie romantique et une blonde que... enfin bref, je me comprends.

— Je vous invite à les regarder de nouveau.

Hubert Pasmard oublia sa bière et examina longuement les photos de Sophia et de Natacha.

— Mais... Vous avez raison, c'est dingue ! Matt a donc retrouvé la fille qui l'a poussé à déménager. Vous savez ce qu'il s'est passé ?

L'air consterné de Margot lui fournit la réponse.

— Non, évidemment, enchaîna-t-il, on vient juste de s'en rendre compte. Vous pensez que c'est à cause d'elle qu'il a été tué ?

— Pour le moment, monsieur Pasmard, je ne pense pas grand-chose, mais la nuit me portera sans doute conseil. Avez-vous encore un peu de temps à me consacrer ?

— Bien sûr. Pour une fois que je participe à une enquête ! J'anime demain soir ma session de *Donjons et Dragons*, et je peux vous dire que j'aurai des trucs à raconter. Une autre bière, finalement ?

— D'accord, si vous apportez quelque chose à manger avec.

Hubert se réjouit de la demande. Il avait discrètement photographié son invitée et pourrait montrer à ses collègues qu'une bombasse avait passé la soirée avec lui… sans préciser qu'elle était flic et n'était venue que pour ses compétences en informatique.

— Par contre, soyons clairs. Interdiction formelle d'évoquer ces recherches avec votre entourage avant que nous ayons retrouvé l'assassin de Matthias Venasque, interdiction de divulguer des éléments de cette importance, même si nous les avons découverts ensemble ! Cela vous vaudrait de sérieux ennuis judiciaires.

— C'est très clair, confirma Hubert, heureux de jouer un rôle majeur dans les investigations. Son succès avec son groupe de potes n'était que partie remise.

— J'aimerais ensuite qu'on s'attaque aux e-mails et à l'historique de navigation.

Elle remarqua l'air gêné de l'ingénieur quand il s'éclipsa vers la cuisine.

23.

La boîte mail – 14 mai

La messagerie était étonnamment vide. Hubert avait fouillé dans les e-mails supprimés, faisant réapparaître des échanges censés avoir disparu pour toujours. Mais rien de marquant : des discussions avec sa troupe de théâtre, des publicités pour différents types de produits, une conversation avec Irène Charmette pour son embauche. Clairement, Matthias Venasque n'utilisait pas sa messagerie pour communiquer avec Natacha. Par prudence ? Par ailleurs, l'historique de recherche sur internet était vide.

Margot décida de pousser l'informaticien dans ses retranchements. Son air ennuyé trahissait un secret qu'il hésitait à dévoiler.

— Hubert, attaqua-t-elle en employant volontairement son prénom, êtes-vous certain que vous n'avez fait que protéger l'accès à cet ordinateur ?

— Comment ça ?

— Vous êtes un pro, n'est-ce pas ?

— Disons que je me débrouille, reconnut l'ingénieur avec une humilité forcée. D'ailleurs, c'est mon métier.

— Très bien. Alors une boîte e-mail qui ne contient aucun message privé et un historique de recherche vide, ça vous fait penser à quoi ?

— Euh… qu'il n'aimait pas communiquer par ces canaux ?

— Ne me prenez pas pour une andouille. Je vous offre une seconde chance.

Hubert Pasmard n'arrivait pas à estimer le niveau de menace dans la voix, mais il était sûr d'une chose : son interlocutrice avait deviné. Autant tout avouer.

— Si je vous donne la seconde option que j'ai en tête, qu'est-ce que je risque ?

— Si vous n'avez pas commis d'acte criminel, rien. Si cela nous aide à avancer dans nos travaux, les félicitations de la police… et les miennes.

Si l'interrogatoire s'était déroulé avec un bon flic bourrin et agressif, il se serait tu. Mais cette Margot Garcia l'attirait. Son mélange d'intransigeance allié au petit sourire enjôleur qui apparaissait parfois furtivement sur son joli visage le troublait. Elle était à peine plus âgée que lui et… non, Hubert, ne va pas te faire des films ! Bref, il avait tout intérêt à lui raconter ce qu'il savait en comptant ensuite sur son indulgence.

— Ma seconde option, reprit-il, c'est que peut-être, je dis bien peut-être, qu'il communiquait via des moyens plus difficilement traçables.

— Du genre ?

— Le Darknet. On peut y échanger des fichiers, mais aussi trouver tout un écosystème anonyme.

— Et quelqu'un qui a besoin d'aide pour sécuriser son ordinateur serait devenu du jour au lendemain un spécialiste de l'utilisation de ces réseaux ?

Hubert hésita et, levant les mains comme s'il était menacé par une arme à feu, capitula.

— OK, c'est moi qui lui ai installé tout ça. Il voulait échanger discrètement avec des gens et semblait vraiment inquiet. Je l'ai tenu au courant des risques, mais il a insisté. Alors je lui ai rendu ce service. Vous allez m'emmener au poste avec les menottes ? plaisanta-t-il avec une trace d'angoisse dans la voix.

Margot éclata de rire, soulageant instantanément l'ingénieur qui se voyait un avenir assez sombre.

— Rassurez-vous, je n'ai pas de bracelets sur moi. Par contre, aidez-moi à trouver avec qui il a pu échanger et ce qu'il est allé chercher.

Comme son interlocuteur ne répondait pas, elle ajouta :

— Et vous ne risquez rien, si c'est ce qui vous chagrine.

— Dans ce cas… allons-y.

Hubert Pasmard fixa l'ordinateur comme s'il s'apprêtait à mener un duel contre le Darknet, tel Clint Eastwood face à Lee van Cleef. Il était évidemment « le Bon ».

La policière l'observa pianoter sur le clavier, passant d'un écran à l'autre sans comprendre ce qu'il faisait. L'agilité des geeks à se promener sur la toile l'avait toujours impressionnée. Il prenait de temps en temps des notes et semblait s'être immergé dans son monde. Margot profita de ce temps libre pour grignoter quelques dolmas végétariens, feuilles de vigne farcies au riz et aux légumes, apportées par le garçon. À son actif, il était un cuisinier hors pair. Elle se rendait compte qu'il était sous son charme ; autant en tirer parti sans en abuser…

trop. Quand Hubert Pasmard se tourna vers Margot, son expression avait totalement changé.

— Ça alors, je n'aurais jamais imaginé qu'il se plonge dans un truc pareil !

— Résumez-moi le résultat de votre exploration.

— Ses recherches, d'abord. Il a lancé toute une série de requêtes sur Nostradamus.

— Nostradamus ? Pourquoi ne pas aller tout simplement sur un moteur classique, du genre Google ?

— Il recherchait des manuscrits originaux et a tenté de contacter des collectionneurs.

— Il a eu des réponses ?

— Je n'ai rien trouvé. Par contre, ce qui est plus inquiétant, c'est une conversation avec un inconnu.

— De quoi s'agit-il ?

— Je ne sais pas dans quelle merde il s'est fourré, mais il avait une dette de vingt mille euros.

Vingt mille euros ! Margot repensa aussitôt aux propos de Madeleine Venasque. Une semaine plus tôt, Matthias avait demandé à sa mère de lui avancer une telle somme.

— Continuez, l'encouragea-t-elle, persuadée qu'ils venaient de mettre le doigt sur un élément majeur de son enquête.

— Un message du 10 mai lui offre la remise de cette dette contre un service.

— Un service à vingt mille euros… Il est allé fricoter avec la mafia locale ? Avez-vous pu déterminer la teneur de ce service ?

— Son interlocuteur lui a donné rendez-vous la nuit du 11 au 12 mai à minuit devant le théâtre municipal Armand. Il n'y a pourtant pas grand-chose dans les caisses d'un théâtre !

— Il n'avait aucunement l'intention de faire un casse. On parle de la nuit de la mort de Matthias. Le théâtre municipal est à moins de cinq minutes à pied de la rue Félix-Pyat. On peut très bien imaginer que cette personne avait prévu de se rendre ensuite chez Garlaban. Ils ont alors fouillé le musée pour trouver cette chose qui aurait permis à la victime d'obtenir sa remise de dette. Ils n'ont sans doute pas réussi à mettre la main dessus, cela a mal tourné. L'inconnu a poignardé Matthias.

— Mais c'est horrible ! s'exclama Hubert Pasmard.

— Avez-vous trouvé le nom de son interlocuteur ?

— Non. C'est justement pour l'anonymat que ces réseaux sont utilisés par les truands de tout genre.

— La poisse… Avez-vous une idée de ce qui aurait pu pousser Venasque à contracter une dette de vingt mille euros ? Il jouait ?

— Je n'ai trouvé aucune trace de paris ou de jeux en ligne. Et puis, il n'en aurait pas eu les moyens.

— Détrompez-vous, beaucoup des gens qui se lancent dans ces activités sont financièrement sur la corde raide. Ils comptent sur la chance pour gagner une grosse somme qui leur permettra de s'en sortir, mais ça marche rarement.

— Ce que je sais, c'est que quand on lui proposait une partie de poker avec quelques euros de mise, il refusait toujours de se joindre à nous. C'était pas un flambeur, le Matt !

— Avez-vous déniché d'autres pistes ?

— Non, j'ai fini de faire le tour.

— Il me reste à vous remercier, Hubert, conclut-elle en se levant. D'abord pour les éléments que vous venez d'apporter à l'enquête… et ensuite pour vos dons de cuisinier. Je vais récupérer l'ordinateur et vous libérer pour la fin de votre soirée.

— Ça a été un vrai plaisir. On se fait la bise ?

— Peut-être pas quand même.

24.

Salon-de-Crau – 17 octobre 1564

L'homme attendait, assis sur un tabouret placé à la hâte pour les visiteurs. Il patientait depuis déjà deux heures dans l'un des corridors du château de l'Empéri, mais l'agitation permanente lui offrait un plaisant spectacle qui apaisait sa nervosité. Une partie de la cour de France venait de s'installer à Salon-de-Crau, nom de la ville de Salon-de-Provence au XVIe siècle. Le roi Charles IX, ou plutôt sa mère Catherine de Médicis, avait organisé son « grand tour de France » qui durerait deux années. La régente avait décidé de présenter le royaume au jeune roi âgé de quatorze ans, ou de présenter le jeune roi à ses sujets. Ses véritables objectifs étaient cependant connus : restaurer l'autorité instable de la Couronne et tenter de réconcilier les catholiques et les protestants. Depuis quelques années, les deux partis se défiaient, semant mort et désolation au rythme de leurs affrontements. Un an plus tôt, l'édit d'Amboise avait été conclu. Mais il était mal né et ne demandait qu'à être dénoncé par les signataires. C'est la raison pour laquelle nombre de gens d'armes circulaient dans les couloirs pour assurer la sécurité de la famille royale.

Un gentilhomme à la tenue sombre rehaussée de pierres précieuses s'approcha du visiteur et l'apostropha :

— Messire Michel de Nostredame.

— Oui, monseigneur ?

— Le roi vous fait savoir que sa famille et lui se rendront ce soir en votre demeure et y souperont.

Bouleversé par l'annonce, l'homme mit quelques secondes à réagir.

— C'est un immense honneur que m'accorde Sa Majesté.

— Ils vous feront la grâce de leur présence après avoir assisté à la Sainte Messe.

Le messager s'éloigna, signifiant ainsi que l'entretien était terminé.

Ce « grand tour de France » drainait plusieurs milliers de personnes, nuée de criquets qui s'abattait sur les villes étapes en réquisitionnant châteaux, manoirs et jusqu'à la plus modeste chambre des auberges. Plus d'un noble avait été contraint de dormir dehors, faute d'un gîte disponible. Le roi ne faisant halte qu'une nuit à Salon, une partie de la Cour avait directement rejoint Aix, capitale de la province de Provence et prochaine étape de la tournée.

Jamais Nostradamus n'aurait imaginé pouvoir accueillir Charles IX à souper chez lui. Prévoyant, il avait cependant demandé à sa femme de stocker des provisions en quantité. Il s'était aussi renseigné auprès d'aristocrates et d'ecclésiastiques provençaux sur les plats préférés du jeune roi. Le souverain ne passerait pas deux fois à Salon-de-Crau et il ne devait pas être pris au dépourvu.

Nostradamus ordonna donc à son cuisinier de préparer un repas pour vingt personnes.

Une troupe en armes s'arrêta devant sa maison. Derrière elle, deux carrosses transportaient la famille royale et ses proches. Sur le seuil de la grande porte d'entrée, l'hôte des lieux reçut le monarque avec le respect qui lui était dû. Il dénombra ses convives : la reine, le roi, ses frères et sa sœur ainsi que le jeune Henri de Navarre, qui prendrait plus tard le nom d'Henri IV. La famille était au complet. Ne les accompagnaient que quelques gardes écossais chargés de leur sécurité ainsi que deux conseillers qui se joindraient à eux pour le souper.

Neuf ans plus tôt, Nostradamus avait édité ses fameuses *Prophéties*. Leur renommée fut telle que Catherine de Médicis les lut et le convoqua au château de Blois. Flatté par cet appel, mais inquiet du sort que l'on réservait à ceux qui publiaient des almanachs astrologiques, le médecin s'était rendu à l'invitation. Quelques années plus tard, la reine l'avait de nouveau sollicité. Elle souhaitait connaître la destinée de ses fils. Elle venait de perdre successivement son mari Henri II, mortellement blessé par une lance au cours d'un tournoi, puis son aîné François II à l'âge de seize ans. Michel de Nostredame avait navigué entre la protection de la reine et l'hostilité du jeune roi Charles ainsi que celle des catholiques, tout comme des protestants d'ailleurs. La présence des Valois dans sa maison ce soir prouvait qu'il était maintenant rentré en grâce et que plus personne ne risquerait de s'en prendre à lui.

Le cuisinier et son équipe avaient préparé un festin. Aux plats préférés du monarque, ils avaient intégré quelques ingrédients qui rappelaient la Provence : herbes des garrigues, olives, fenouil et tomates. Ces fruits tout juste rapportés du Mexique s'étaient bien acclimatés en Europe et le cuisinier en usait largement.

Nostradamus avait apprécié à sa juste valeur le sourire du roi quand il avait goûté le sorbet aux écorces de citron, spécialement importées d'Italie.

— Messire de Nostredame, vous nous avez régalés, déclara Charles IX après avoir vidé son verre de vin aux épices et au miel. Vous méritez donc la charge que ma mère va vous confier.

— Vous me flattez, Sire. Vous avez daigné accepter mon hospitalité et tout le plaisir était pour moi.

— Je sais, évacua le roi que les salamalecs agaçaient rapidement. Madame ma mère, je vous donne la parole.

— Je vous remercie, Majesté, enchaîna Catherine de Médicis de manière protocolaire. Messire Michel de Nostredame, pour les services rendus à la Couronne ces dernières années, nous vous faisons médecin et conseiller du roi.

Nostradamus, conscient de l'immense honneur qui lui était accordé, se leva aussitôt et mit un genou à terre devant Charles IX.

— Sire, dès ce jour, toute ma science et mon expérience vous sont entièrement consacrées.

— Très bien, Nostredame. Maintenant, relevez-vous et faites-nous déguster un nouveau verre de votre excellent vin.

L'hôte comblé remplit lui-même les gobelets, ceux des adultes comme ceux des enfants. Il sourit en voyant le jeune Henri de Navarre le vider d'un trait. À dix ans, il appréciait déjà les bonnes choses. Bon alcool donne vigueur au corps et à l'âme, aimait rappeler le médecin à ses patients. Un précepte que le futur Henri IV appliquerait à la lettre…

— Messire de Nostredame, reprit la reine, puisque nous sommes en petit comité et entre personnes de confiance, parlez-nous du destin de votre roi.

— Majesté, j'en serais infiniment honoré, hésita un instant le médecin, mais je ne publie plus de prophéties depuis plusieurs années.

Même s'il venait d'être gratifié de titres qui feraient sa richesse, il craignait la versatilité du souverain. Charles IX était particulièrement influençable. Inutile de lui offrir une nouvelle raison de se méfier de lui en passant pour un mage à l'inspiration diabolique.

— Turlututu, le relança Caterina Maria Romula di Lorenzo de' Medici avec son inimitable accent italien. Je ne vous demande pas de prophétiser, messire, je vous demande juste d'aider le roi à découvrir ce que lui réserve Notre Seigneur. Après avoir vu son père et son frère aîné emportés par la malemort, que Dieu accueille leurs saintes âmes, notre Charles mérite d'être rassuré.

— Vos désirs sont des ordres, Majesté, acquiesça Nostradamus.

Il savait pertinemment que Catherine n'attendait pas un simple diagnostic médical, mais un message qui prouverait à la Cour la vigueur de leur souverain.

L'astrologue fit apporter une table basse et chercha un jeu de tarot dans son cabinet. Intéressée, la famille des Valois s'installa autour de lui. Les deux conseillers quittèrent la pièce. Nostradamus tira les cartes et les examina, à la fois surpris et ravi.

— Alors ? s'impatienta Charles IX.

— Le ciel est catégorique, Sire. La France profitera longtemps de votre règne. Vous vivrez jusqu'à l'âge de quatre-vingt-dix ans. À roi exceptionnel, destin exceptionnel !

Il se demanda un instant s'il n'en faisait pas trop, mais le visage comblé de la mère, pourtant fine diplomate, le rassura.

— Que voilà une honnête prédiction, messire ! s'exclama-t-elle. Puisse Dieu accorder vigueur et sagesse à notre roi pour qu'il apaise ce conflit qui oppose de bons chrétiens !

Nostradamus répondit en baissant humblement la tête.

— J'ai une autre requête à vous présenter, messire de Nostredame. Elle concerne vos grands dons de guérison. Ne dit-on pas que vous avez fabriqué un onguent qui permet de se relever de la peste ?

L'apothicaire attendait la suite sans ciller. La peste frappait régulièrement en Europe dans cette première partie du XVIe siècle. Il l'avait croisée à Avignon, puis à Marseille et à Aix. En tant qu'apothicaire, il avait mis au point un remède. Il n'était pas persuadé de son efficacité, mais contrairement aux saignées prescrites par certains médecins officiels, son médicament n'avait *a priori* jamais tué personne.

— Allons dans votre cabinet privé, ordonna-t-elle en prenant sa fille Marguerite par la main.

Elle fit signe aux gardes placés à l'entrée de ne pas bouger et accompagna Nostradamus dans son bureau. Elle attendit que son hôte allumât quatre grandes bougies de cire avant de continuer.

— Il s'agit de Margot.

L'enfant de onze ans le considéra malicieusement. Elle était princesse et fière de son rang. Par ailleurs, elle savait qu'avec son teint éclatant et ses cheveux bouclés, elle attirait déjà le regard des hommes.

— La princesse Marguerite est une superbe jeune femme. En quoi ma science pourrait-elle lui être utile ?

— Margot, retire le haut de ta robe, enjoignit Catherine.

Contrairement au médecin, gêné de voir l'intimité d'une princesse de sang, la fillette, aidée par sa mère, dévoila ses épaules sans vergogne. Nostradamus approcha un cierge et observa avec attention l'épiderme de la jeune fille.

— En tant que médecin du roi, guérissez la princesse. Notre souverain aime beaucoup sa sœur. Il vous en saura gré et il vous récompensera.

25.

Bilan – vendredi 15 mai

Quinze heures. La salle de réunion s'était transformée en fourmilière. À l'équipe composée du capitaine Lebrun, des lieutenants Garcia et Bercacci et des brigadiers Castagnier et Marivan s'étaient joints Nico Guilhaume, le spécialiste informatique rentré de vacances le matin même et le commissaire André Mazure. La présence du grand chef conférait de la solennité au briefing.

— Donc, conclut Margot, en considérant les informations que Mme Charmette m'a transmises tout à l'heure, le fantôme de Nostradamus plane sur cette affaire.

— Si je résume, reprit Mazure, Venasque aurait été payé pour mettre la main sur un hypothétique document original de Nostradamus dissimulé dans le musée de Garlaban. Rendre ce service lui aurait permis de rembourser une dette de vingt mille euros, contractée on ne sait comment à on ne sait qui.

— En plus, intervint Dédé Marivan, il a fréquenté le *Dice* ces dernières semaines. De là à penser que les frères Mancini sont dans le coup, il n'y a qu'un pas que je n'hésite pas à franchir.

— Pourquoi pas, brigadier… même si l'histoire et la culture n'ont jamais été les activités principales de ces messieurs. Pour terminer, la propriétaire de la savonnerie Garlaban annonce que ce fameux papier se cache peut-être dans sa cave. Si elle le retrouve, on comprendra sûrement pourquoi il a le prix du sang. Monsieur Guilhaume, demanda-t-il en s'adressant à l'informaticien, avez-vous mis au jour de nouveaux éléments sur la victime ?

— Je taffe dessus depuis huit heures du mat à la demande de Margot.

— Vous voulez dire du lieutenant Garcia ? le taquina Mazure.

— Tout à fait, commissaire. Pierre-Marie, le stagiaire, m'a bien aidé.

— Et alors ?

— On a épluché les opérations financières de Venasque. Tous jobs confondus, il gagnait à peu près mille huit cents euros nets par mois. Pas d'entrées ni de sorties suspectes. Il détenait juste un compte au Crédit Mutuel de Marseille. On en a profité pour éplucher ses dépenses par carte bleue. Au cours des quatre dernières semaines, on a trouvé huit factures au *Dice*, jamais plus de quarante euros. Et à part ça, uniquement des frais de la vie courante… rien à voir avec une somme de vingt mille euros.

— Donc, chou blanc côté bancaire, déduisit Margot.

— C'est ça. On a aussi contacté l'antenne de la PJ de Marseille, comme tu nous l'avais demandé, continua Guilhaume.

— Pourquoi ? l'interrogea Castagnier.

— Pour récupérer des informations sur une dénommée Sophia, dont on ignore le nom de famille.

— Autant chercher une aiguille dans une botte de foin.

— Sauf qu'on disposait de sa photo. Et on a trouvé quelque chose !

— Et c'est seulement maintenant que tu me le dis ? s'offusqua la policière.

— On a eu l'info juste avant la réunion. La fille en question s'appelle bien Sophia, Sophia Samaras.

— Comment l'ont-ils trouvée ?

— Elle a participé à une manif écolo qui a mal tourné. Elle a été embarquée par les CRS et fichée.

— Pour une fois que ça nous sert. C'est une dangereuse activiste ?

— D'après mon interlocuteur, elle ne fait partie d'aucun groupe officiel. D'ailleurs, je vois Pierre-Marie qui me fait signe derrière la vitre. Il peut nous rejoindre ?

— Évidemment !

Pierre-Marie Quintin entra presque timidement dans la salle, tous les regards braqués sur lui. Il salua l'assemblée et s'installa.

— Du nouveau ? s'enquit Guilhaume.

— Comme on l'avait décidé, j'ai mené des recherches sur Sophia Samaras. Vingt-quatre ans, née à Athènes, mais arrivée à Marseille à l'âge de deux ans. Ses parents sont décédés brutalement quand elle avait cinq ans. Elle a ensuite alterné entre foyers et familles d'accueil, mais elle s'en est sortie. Elle a passé son bac à dix-huit ans et obtenu un BTS de tourisme. Elle n'a pas dû trouver de boulot dans ce secteur parce qu'elle gagne sa vie comme serveuse dans un restaurant et dans un bar à Marseille.

J'en ai profité pour appeler le resto. Comme c'était le coup de feu, je n'ai pas pu discuter longtemps avec le patron. Il m'a juste dit que c'est une fille sans problème et il n'a pas compris pourquoi elle s'est volatilisée du jour au lendemain. Il restera à se renseigner auprès du propriétaire du bar.

— Je m'en occuperai, proposa Max Castagnier. Tu me fileras le nom. Tu as aussi pu avoir son adresse ?

— Oui, je viens de la récupérer.

— Tu me la donneras aussi. J'appellerai son logeur. On ne disparaît pas de la circulation pour réapparaître sous une nouvelle identité dans une autre ville sans une solide raison. Tu as vérifié avec les mœurs ?

— Parce que sous prétexte qu'elle est mignonne, elle se serait prostituée, c'est ça ? s'agaça Margot.

— Ne vous énervez pas, lieutenant ! la calma le brigadier. Je veux juste m'en assurer. D'après ce que vous nous avez raconté, la mère Venasque vous l'a présentée comme une cagole. Sur la photo que vous nous avez montrée, Natacha n'a pas l'air d'avoir froid aux yeux. Alors elle a pu se retrouver entraînée là-dedans malgré elle.

— OK, désolée d'avoir réagi vivement.

— Y a pas de mal.

— Pour terminer notre point, poursuivit Margot, je vais partir à la recherche de Natacha Fernandez, la version salonaise de Sophia. On n'a rien sur elle dans nos bases et le seul qui peut nous en dire plus, c'est Baptiste Lebel, le serveur du *Dice*. J'ai vu une photo sur laquelle il pose avec Venasque. Il ne m'a pas tout dit quand je l'ai rencontré.

— Je prends, intervint Bercacci. Pour aller dans ce bar et faire parler ce type, je pense que je suis carrément mieux armé que toi.

Même si Margot n'avait pas évoqué la présence de son collègue sur ladite photo, la réaction de ce dernier prouvait son trouble.

— C'est gentil à vous, lieutenant, répondit sereinement la policière, mais je m'en sens totalement capable.

— Tellement capable qu'il t'a menée en bateau la dernière fois ! Un vrai lapereau de six semaines, ironisa Bercacci.

— Encore un commentaire comme celui-là, lieutenant, et je vous vire de l'équipe ! le recadra le capitaine Lebrun.

Paul Bercacci s'affola. Il ne devait pas se griller, surtout auprès du commissaire Mazure.

— Excusez-moi, capitaine. Je ne juge pas les compétences du lieutenant Garcia, mais c'est un milieu que j'ai plus fréquenté qu'elle. Elle n'en possède absolument pas les codes, ne put-il s'empêcher de glisser.

— Eh bien, elle les apprendra sur le tas, conclut Éric Lebrun. Je vous remercie tous. Je vais de ce pas tenir le procureur informé de nos avancées. Commissaire, quelques mots pour clore cette réunion ?

— En trois jours, nous avons progressé, mais la presse et les politiciens locaux s'impatientent déjà. Je m'occupe d'eux, mais je compte sur vous pour me dénicher rapidement l'assassin.

26.

Bercacci – 15 mai

— Capitaine, est-ce que vous pouvez m'accorder un quart d'heure ?

— Maintenant, lieutenant ? C'est que je comptais appeler le procureur.

— Je voudrais partager avec vous un fait qui me trouble… beaucoup.

— C'est bon, suivez-moi dans mon bureau.

Margot Garcia s'installa en face de son supérieur. La réaction emportée de Paul Bercacci l'avait poussée à solliciter un entretien immédiat.

— Alors, qu'est-ce qui vous perturbe ?

— Bercacci.

Éric Lebrun esquissa un sourire.

— Ne me dites pas que vous découvrez que votre collègue fait une crise de jalousie ! Je vous ai confié ce dossier d'homicide alors qu'il en rêvait.

— Et je sais pourquoi.

— Ce n'est pas sorcier, pour booster sa carrière !

— Pas uniquement.

Étonné, Lebrun vit son équipière sortir son smartphone, le consulter puis le lui tendre. Sans un mot, il le prit et lâcha un juron :

— Bon sang ! Qu'est-ce qu'il fout là ?

— C'est bien ce que je me demande, capitaine. Vous avez reconnu Venasque et Bercacci. Le troisième larron est Baptiste Lebel, le fameux serveur du *Dice*.

— Bercacci… Ce magouilleur ne nous a jamais avoué qu'il connaissait la victime ! s'exclama Lebrun sans se soucier de le dévaloriser face à sa collègue.

— Inutile de vous dire que depuis hier, quand j'ai découvert la photo, ça cogite dans mon crâne. Je n'ai pas voulu en parler pendant le briefing pour ne pas semer le trouble… et garder un effet de surprise si besoin. Son intervention maladroite, et je reste polie, pour mener lui-même l'interview de Lebel ne m'a pas étonnée. Il trempe dans l'affaire, j'en mettrais ma main à couper.

— Paul Bercacci, un ripou ? À tout juste trente ans ?

— Ce n'est pas vous qui m'avez récemment conseillé de ne pas me fier aux apparences ? Je ne cherche pas à l'accuser, mais soyons prudents sur ce qu'on va lui dévoiler ou pas ! J'ai toujours eu l'impression qu'il se sentait intouchable. Vous connaissez son pedigree ?

— Son pedigree, il est simple. Son père est un des huit sénateurs des Bouches-du-Rhône et sa mère détient des parts dans un des plus gros conglomérats immobiliers de PACA. Comme dans un bon film qui se passerait à Marseille ! Ils chérissent leur fils unique et ils ont des amis partout dans les réseaux politiques et économiques du coin.

— Donc Bercacci est vraiment intouchable ?

— Non, bien sûr. Mais pour lui coller un blâme ou lui mettre l'IGPN aux fesses, il faut un dossier solide… et pas juste une photo où il pose avec un employé de bar et la victime d'un homicide. Il expliquera qu'il les a croisés à une fête et qu'il ne s'en souvenait pas… et personne ne pourra le contredire. Venasque ne parlera plus et le serveur aura été briefé par ses patrons pour se taire. Mais soyez rassurée, je le garde à l'œil.

— Je vais me rendre tout de suite chez Lebel, avant qu'il se fasse cueillir et sermonner en arrivant au *Dice*. S'il peut vraiment nous permettre de progresser sur l'enquête, il est devenu un maillon faible pour notre tueur.

27.

Sur les traces de Sophia – 15 mai

Margot Garcia avait récupéré l'adresse de Baptiste Lebel. Il habitait dans une barre d'immeubles située à moins de cinq cents mètres du commissariat. Elle s'y rendrait à pied. Elle avait appelé le serveur pour le prévenir, mais sans succès. Elle n'avait pas laissé de message. Était-il chez lui ? Réponse dans moins de cinq minutes.

Le bleu azur du ciel immaculé apportait une touche de gaieté au paysage et la chaleur printanière n'écrasait pas encore Salon-de-Provence. Dans les rues, les mères de famille discutaient en surveillant leur progéniture d'un œil. Les cris des enfants jouant dans un parc tout proche couvraient les stridulations des cigales. Dans quelques heures, la population ne serait plus la même.

Au premier coup de sonnette, du bruit se fit entendre dans l'appartement. Elle ne s'était pas déplacée pour rien. Le serveur, torse nu, eut une mimique ennuyée quand il ouvrit la porte, ce qui ne la surprit pas. On n'aime jamais voir arriver les flics quand on est un témoin dans une affaire d'homicide.

— Je peux entrer ? demanda la policière pour le principe.

— J'ai le choix ?

— Pas vraiment. À moins que vous préfériez m'accompagner au commissariat. Je peux vous rédiger une convocation pour demain matin neuf heures.

— OK, c'est bon, l'invita-t-il, contraint. Je vous préviens, je dois être au *Dice* à...

— Dix-huit heures, ce qui nous laisse une grosse heure pour discuter. Sans doute bien plus que nécessaire.

Baptiste Lebel soupira.

— Je vais juste passer un tee-shirt. J'allais me faire du thé à la menthe. Ça vous tente ?

Décidément, son enquête la menait d'offre d'apéritif à offre de goûter. Elle refusa cependant la proposition. Elle était venue pour le faire parler, et la conversation ne risquait pas de prendre une tournure mondaine.

— Qu'est-ce que vous voulez savoir de plus que la dernière fois ?

— Vous m'avez dit avant-hier que vous aviez rencontré Matthias Venasque quelques fois. C'était devenu un ami ?

— Un pote, lui ? Seulement un client comme un autre. C'est juste qu'il connaissait Natacha.

— Un client comme un autre. Rien de plus ?

— Non, pourquoi ? s'inquiéta Lebel.

— Pour ça, répliqua Margot en posant un cliché sur la table.

Le serveur se décomposa en se voyant, tout sourire, en compagnie de Bercacci et de Venasque.

— Vos relations avec les clients comme les autres sont diablement amicales. Remarquez, c'est tout à votre honneur. Ça ajoutera quelques étoiles à la qualité d'accueil du *Dice*.

— Ouais, la photo, c'était pour lui faire plaisir.

— Pour lui faire plaisir ? Ne me prends pas pour une imbécile.

Lebel l'observa. Si le faciès de la policière était toujours gracieux, son regard noir était devenu glacial. Le passage au tutoiement n'avait rien de rassurant non plus.

— J'ai rien à vous dire. Et puis j'ai le droit à un avocat, non ?

— Effectivement. Il te sera sans doute utile quand tu seras confronté au lieutenant Bercacci. Tu pourras nous expliquer dans quelles circonstances vous avez fait cette photo. Parce que Bercacci affirme encore ne pas connaître Venasque. Alors, choisis bien !

Un vent de panique déforma les traits de Baptiste Lebel. Margot le laissa mijoter dans ses angoisses, certaine qu'il allait se mettre à table.

— On... on peut peut-être passer un marché ?

— Du genre ?

— Je réponds à vos questions et vous m'évitez l'entrevue avec l'autre pourri.

— Si vous faites preuve de bonne volonté, je peux oublier de vous convoquer le jour où on fera le bilan avec Bercacci, proposa-t-elle en revenant au vouvoiement.

Baptiste Lebel était coincé. Si la photo apparaissait au dossier, le lien entre le flic et les Mancini serait fait... et le serveur du *Dice* était ce lien. Ça retomberait forcément sur lui ! Et sur Natacha aussi ! C'est elle qui l'avait prise et Bercacci s'en souviendrait forcément. Bercacci et les Mancini ne devaient pas voir ce cliché, du moins pas tant que la situation ne serait pas réglée.

— Qu'est-ce que vous voulez savoir ?

— Pourquoi Matthias Venasque a-t-il été assassiné ?

— J'en ai aucune idée. Parole d'honneur !

— Il a bossé pour les Mancini ? Après tout, vous étiez amis.

— On n'a pas vraiment eu le temps d'être amis, même si on avait sympathisé. C'était un mec cool, toujours prêt à sortir une bonne blague. En plus, il connaissait Natacha, alors ça a facilité les discussions. Mais je n'aurais jamais imaginé qu'il puisse trafiquer quelque chose avec les Mancini. Je vous le jure !

Margot estima qu'elle n'en obtiendrait pas davantage sur le sujet. Elle garda pour elle l'histoire de la dette de vingt mille euros.

— Le lieutenant Bercacci, qu'est-ce qu'il fait sur la photo ?

— Lui, c'est un sale type, cracha Lebel. Un jour, j'ai entendu une conversation entre Drago Pantelic et Bercacci qui n'avaient pas remarqué que je rangeais un truc dans la pièce voisine. J'ai compris que le flic balançait des infos aux Mancini. Il se croit un peu chez lui au *Dice*. Quand il a vu Natacha pour la première fois, il n'a eu qu'une obsession, coucher avec. Il saisissait toutes les occasions pour la brancher. Il savait que Matthias était son copain, mais de là à le tuer pour ça…

— Même si le crime profite à Bercacci, je ne le pense pas assez stupide pour se coller un meurtre sur le dos pour une histoire de fesses. Un autre point : j'ai essayé de joindre Natacha au numéro que vous m'avez donné, mais je suis systématiquement tombée sur une boîte vocale.

— Elle n'est pas revenue au *Dice* depuis la mort de Matthias.

— Et vous avez une petite idée de l'endroit où elle pourrait se trouver ?

— Je suis allé la voir deux fois à son appartement, mais elle ne répondait pas.

Margot se passa la main dans les cheveux.

— Vous m'aviez proposé un deal, monsieur Lebel. Je l'ai accepté, mais vous ne m'avez fourni aucune information intéressante. Expliquez-moi pourquoi je devrais remplir ma part du marché.

— Vous… vous êtes sérieuse ?

— Tout ce qu'il y a de plus sérieuse. Même si nous discutons dans votre salon, nous nous entretenons toujours dans le cadre d'une procédure pour homicide. Pour rappel, et je ne pense pas que vous l'ayez oublié, il s'agit du meurtre de Matthias Venasque.

Lebel tira nerveusement sur son tee-shirt, hésita et finalement jeta :

— Promettez-moi d'aider Natacha à s'en sortir !

— Si elle est victime dans cette affaire, je ferai mon maximum.

— Alors… il y en a une qui sait peut-être où elle est. C'est Zoé.

28.

Grand nettoyage – 15 mai

Un foulard sur la tête et un masque sur le nez, Irène Charmette menait ses troupes à l'assaut des cartons disparus. Son fils François et Charles, son meilleur ami, avaient été réquisitionnés pour partir à la recherche du mystérieux parchemin. Irène n'avait pas eu de mal à motiver ce garçon qu'elle connaissait depuis près de vingt ans. La perspective d'une chasse au trésor provoque toujours des effets magiques.

Ce qu'elle appelait la cave était en fait une ancienne grange contiguë au mas principal. Après avoir acheté la maison, les Charmette avaient retapé et isolé ce bâtiment annexe pour stocker les affaires dont ils ne se servaient pas. Une quinzaine d'années avaient transformé ce garde-meuble en une décharge qui abritait un attirail qu'ils n'avaient pas eu le courage d'emporter jusqu'à la déchetterie de la départementale 113. Elle avait estimé à trois ou quatre heures le temps de désenfouissage des cartons. Ils disposaient donc de tout l'après-midi pour mener à bien leur tâche. Charles, nouveau coach dans une salle de sport de Salon, déplaçait les objets les plus lourds. François sortait les plus légers et Irène les guidait et leur indiquait où les déposer. Son fils constata que la poussière brassée pendant le déménagement équivalait à celle dégagée par l'éruption d'un volcan islandais, mais cela n'arrêta pas Irène dans sa croisade. Après deux pauses boissons et un goûter de fruits secs, le premier carton apparut. Deux heures après, c'est cinq emballages qui trônaient dans le jardin au milieu d'un bric-à-brac de vieilleries.

— Bravo les garçons ! On est arrivés au bout.

— Ça me donne envie de vous jouer un morceau de cornemuse pour fêter ça ! s'enthousiasma François. J'ai arrangé « Mexico » de Luis Mariano. J'en suis hyperfier. Ça vous tente ?

— Non, refusa abruptement Charles, vacciné par les créations de son ami d'enfance. Si on ouvrait plutôt les boîtes ?

Irènc se racla la gorge.

— Je vais les nettoyer et on les portera ensuite dans la maison. Pendant ce temps, je vous laisse ranger tout ce qui traîne sur la pelouse. Sinon, ton père va râler.

— On sait qu'il ne râlera pas, soupira François, mais on va quand même le faire.

Le crépuscule tombait tout juste quand un dernier vélo auquel il manquait la roue arrière reprit sa place dans la grange. Dans le salon trônaient les cinq cartons extraits de leur gangue de poussière. Jean-Louis les avait rejoints et avait décidé de shunter le sacro-saint apéritif pour s'occuper des précieux ouvrages. Ils les déposèrent sur la table à laquelle Irène avait ajouté toutes les rallonges disponibles. Cent soixante-six recueils, dont certains sans doute pas ouverts depuis près d'un siècle, étaient réapparus. Ils trièrent ceux qui avaient été imprimés après 1915 des autres et les mirent de côté. Une exclamation de Charles les tira de leur déballage quasi mystique.

— La vache ! Vous avez une version de la pièce de théâtre *Marius* de 1929, l'année de sa sortie ! Mais, attendez… elle est dédicacée par Marcel Pagnol lui-même !

— Tu t'intéresses à ses œuvres ?

— J'adore ! Pagnol, c'est comme Giono, ils sont l'âme de notre pays !

— Si tu veux, tu peux le garder. En remerciement de ton aide précieuse.

— Merci. Quand mes parents sauront ça !

— C'est une belle histoire, intervint Jean-Louis, mais ça ne nous fait pas avancer sur le parchemin de l'ami Nostradamus.

— Papa, le calma François, prends le temps de profiter des bonnes choses. Ça fait plus d'un siècle qu'il dort peut-être là, il ne va pas s'envoler ce soir.

Le père grogna et termina le tri. Sur les cent soixante-six recueils, plus d'une centaine avait rejoint la pile des « à désosser ». Ils s'accordèrent une demi-heure de pause pour manger sur le pouce des tapas achetées au retour de l'usine et se regroupèrent devant la collection de livres comme devant le Saint-Sacrement.

— Comment va-t-on procéder ? demanda Irène.

— Les livres que nous avons sélectionnés sont tous recouverts d'une protection supplémentaire, nota Jean-Louis. Je vais récupérer des lames de cutter dans la boîte à outils et on la décollera avec précaution. Ce serait mieux avec des scalpels, mais on n'en a pas.

— Je peux nous en procurer à la pharmacie demain, proposa Irène. Ce parchemin doit avoir, voyons… dans les trois cent cinquante ans. Il est sans doute fragile.

Son mari hésita quelques instants. Trop de précipitation risquerait d'endommager ce trésor. Cependant, savoir ce document si convoité à portée de main l'emporta.

— On fera attention. François, va chercher ma boîte à outils !

— Papa, j'suis pas ton boy.

— Je me suis fait mal au dos en tombant de cheval le week-end dernier !

— Peut-être, mais j'suis pas ton boy quand même.

— François, s'il te plaît, mon chéri, intervint Irène, aurais-tu la gentillesse d'aller chercher la boîte à outils que ton handicapé de père estime ne plus pouvoir transporter ?

— Là, c'est beaucoup mieux. Je te rends ce service de suite, mamounette.

Cinquante livres, soit près de la moitié, avaient déjà été dépouillés sans succès. Trois doigts avaient été entaillés, puis trempés dans l'alcool et enfin décorés d'antiques sparadraps à la gloire de Winnie l'ourson. Le moral des troupes baissait.

— On reprendra ça demain, déclara Irène. On fatigue et à ce rythme, on risque de se blesser gravement avant de trouver quelque chose. Sans compter que les dix derniers bouquins qu'on a opérés ont une sale tête.

— C'est juste que mon cutter a glissé, se défendit François.

— Et qu'il n'a pas raté ta paume. Tu es passé à rien de t'entamer le tendon. Quant à Charles, il a besoin de ses mains pour aider les Salonais à développer leur musculature. J'irai acheter les scalpels et on terminera ça tranquillement dans la journée. C'est samedi et on aura tout notre temps. Je demanderai à Julie si elle peut me remplacer jusqu'à quatorze heures à la boutique.

— Et puis, ajouta Jean-Louis en bâillant, ça nous permettra d'en rêver encore cette nuit. Parce que sans être défaitiste, j'ai quand même l'impression que Jules Soubeyran a mené son monde en bateau avant de partir pour la Grande Guerre.

29.

Fabio Mancini – samedi 16 mai

L'ambiance était à l'orage dans le bureau aux murs recouverts de velours brun. Furieux, Fabio Mancini venait de raccrocher. Son interlocuteur lui avait donné un ultimatum. Une première dans sa carrière dont il se serait volontiers passé ! Il regarda les trois hommes en face de lui.

Pietro Mancini attendait la suite des événements. Le lieutenant Paul Bercacci n'en menait pas large. Même s'il bénéficiait de la protection de sa fonction et des relations de ses parents, le policier savait qu'un Mancini pouvait s'affranchir des lois. Drago Pantelic, quant à lui, devait tout à son patron. S'il le décevait trop, il ne serait pas renvoyé… mais éliminé.

— Un coup facile qui rapporte gros, c'est ça ? hurla Fabio, perdant son habituel sang-froid.

Il est toujours plus aisé d'être calme avec toutes les cartes en main, mais là, son jeu était loin d'être brillant.

— Yoon, le Coréen, est enragé et il exige un remboursement des sommes déjà versées, poursuivit-il. Il réclame même une indemnité pour ses pertes à venir !

— Qui est ce Yoon ? osa Paul Bercacci.

— Yoon Ji-ho. Il appartient à l'une des familles de *chaebols* les plus riches de Séoul. Il est, entre autres, propriétaire d'une chaîne de produits de beauté appelée Lune de Miel. C'est lui qui nous a payés pour récupérer le parchemin de Nostradamus.

— Tu n'en fais pas trop, Fabio ? suggéra son frère Pietro. L'ami Yoon, qu'est-ce que tu crains qu'il nous fasse ? Pendant que tu téléphonais, j'ai vérifié un truc sur mon portable : Séoul-Marseille, ça fait plus de neuf mille bornes.

— Et alors ? Récemment, la distance ne t'a pas empêché d'aller faire la peau d'une balance à Bucarest.

— Ouais, mais c'était en Europe…

— C'est pas le problème ! Tu as une idée de combien il nous demande, le Coréen ?

— Comment veux-tu que je le devine ?

— Deux cent mille euros pour l'avance déjà perçue et un million d'euros supplémentaire de dédommagement !

Pietro Mancini éclata de rire.

— Ils fument quoi, là-bas ? De la paille de riz frelatée ? Tu as peur qu'ils envoient un gang de *jopoks* pour nous les extorquer ?

— Il n'est aucunement question de verser des indemnités, mais c'est toujours mauvais de ne pas tenir ses engagements. Les réputations se font lentement, mais se défont à la vitesse de l'éclair.

— Oui, je sais, reconnut Pietro. Et toi, *stronzo*, ajouta-t-il en se retournant vers Drago Pantelic, qu'est-ce qui t'a pris de poignarder Venasque ? Ta mission, c'était juste de surveiller que tout se passait bien, pas de le saigner !

— Je vous l'ai expliqué, patron. Quand on a fini de fouiller les livres et qu'on n'a rien trouvé, il s'est mis à paniquer. Alors que d'habitude, il ne boit jamais, il avait picolé pour se donner du courage. Il ne maîtrisait plus rien. Il a commencé à brailler comme un goret, il a hurlé qu'il allait prévenir les keufs, qu'il leur dirait que c'est vous qui lui avez demandé de cambrioler ce musée. J'ai cru qu'il allait réveiller tout le quartier.

— C'était une raison pour le tuer ?

— Il n'était plus fiable. Il aurait tout déballé aux flics un jour ou l'autre, c'est évident.

— Et alors ? Je t'avais donné l'ordre de le buter ? menaça Pietro.

— J'ai pensé qu'en l'éliminant, on éliminait la piste qui menait à vous.

— Depuis quand on te paye pour penser ? Je répète : je t'avais donné l'ordre de le buter ?

— Non, patron. Cette fois, j'ai foiré.

Pietro Mancini dévisagea son homme de main et soupira. Depuis qu'il le servait, Pantelic avait toujours fait du bon boulot. Propre et sans aucun état d'âme. Il allait passer l'éponge pour cette fois, mais il ne pardonnerait pas une seconde erreur.

— Tout n'est pas encore perdu, intervint Bercacci en sentant la situation se détendre.

Il aimanta aussitôt les regards. S'il réussissait ce coup-là, il toucherait un beau pactole.

— Je suis l'enquête de près et j'ai des infos à partager.

— Pourquoi est-ce qu'on ne t'en a pas confié la responsabilité ? le provoqua Pietro.

Si Bercacci menait ses affaires avec Fabio, le frère aîné, ses interactions avec le cadet étaient nettement plus tendues : trop de testostérone dans la même pièce quand ils se rencontraient.

— Je te l'ai déjà expliqué. Lebrun ne m'aime pas, ça lui déplaît que mes parents aient des relations. Ce raté fonctionne à l'ancienne. Si tu ne t'extrais pas du ruisseau comme cette Garcia, tu ne vaux rien.

— Et qu'est-ce qu'elle vaut, cette flic ?

— Elle brasse du vent. Pour se faire mousser, elle est toujours en première ligne. Lebrun, il bave quand elle lui parle. Mais son efficacité est loin d'être à la hauteur de son déhanché.

— N'empêche, je l'ai vue interroger Lebel au *Dice* il y a trois jours.

— Elle n'en a rien tiré. Je le sais, je participe à tous les débriefings. De toute façon, Lebel n'est au courant de rien.

— Bon, pourquoi pensez-vous qu'on a encore des chances de s'en sortir ? les recadra Fabio, qui, contrairement à son frère, utilisait le vouvoiement pour garder ses distances avec le policier.

— D'abord, aucune piste ne conduit à Drago. *Nada !* De ce côté-là, Garcia est dans le bleu et la bande de bras cassés qui l'aide n'a rien trouvé et ne trouvera rien.

— OK, ça, c'est à nous de le traiter. Mais pour le contrat avec le Coréen ?

— Irène Charmette, la directrice de Garlaban, a mené sa propre enquête.

— Décidément, s'agaça Pietro, ça devient une sale habitude d'avoir des sangsues dans les pattes.

— La mère Charmette a dégoté des renseignements intéressants. Elle a rencontré un expert qui lui a parlé de l'histoire du parchemin de Nostradamus.

— Et vous appelez ça une bonne nouvelle ? tonna Fabio Mancini en tapant du poing sur la table.

— Attendez ! Vous n'avez rien trouvé au musée pour la simple raison que toute une partie des bouquins est entreposée dans une cave chez les Charmette. Le parchemin n'est donc pas encore perdu. Et si on arrive à s'en saisir, vous ne devrez plus rembourser deux cent mille euros à M. Yoon, mais vous encaisserez les quatre cent mille euros dus à la livraison du document.

Pour la première fois de la matinée, un sourire éclaira le visage des mafieux. Subtiliser des papiers chez d'inoffensifs citoyens, c'était une des bases de leurs activités.

— Intéressant, lieutenant Bercacci, reconnut Fabio. J'espère juste que vos tuyaux ne sont pas percés.

— Ils sont de première main. Par contre, si vous souhaitez intervenir, ce sera cette nuit au plus tard. Dès qu'ils l'auront trouvé, ils risquent de le donner à je ne sais quel spécialiste pour le déchiffrer. Et là…

— Si on récupère ce parchemin de malheur, vous n'aurez pas affaire à un ingrat, Bercacci.

30.

Deal – samedi 16 mai

Paul Bercacci profita des bonnes dispositions du parrain pour se lancer :

— Alors dans ce cas, je souhaite vous solliciter.

— À quel sujet ? demanda Fabio en allumant un cigare.

— Natacha, intervint Pietro avec un rictus narquois. Le flic est amoureux de cette cagole.

— Pas amoureux, reprit Bercacci en contenant son énervement, mais j'avoue qu'elle me plaît bien.

— Dis que t'as envie de te la taper, plutôt que de tourner autour du pot.

— Pietro, laisse le lieutenant exposer sa requête, l'arrêta Fabio en admirant un rond de fumée particulièrement réussi s'élever au plafond.

— Merci, monsieur Mancini. Matthias Venasque avait accepté de récupérer le parchemin de Nostradamus en échange de l'effacement d'une dette de vingt mille euros, exact ?

— Vous le savez parfaitement, puisque c'est vous qui nous avez glissé cette idée.

— Vu la situation, on peut dire que Venasque a échoué, n'est-ce pas ?

— Allez au fait, l'incita Fabio Mancini que ce ton démonstratif agaçait.

— Bien. Il ne pourra donc jamais rembourser cette dette contractée par Natacha Fernandez. De fait, Natacha vous est toujours redevable.

— Et ?

— Et je vous propose qu'elle soit ma récompense pour ma participation au succès de l'« opération Nostradamus ».

— Précisez.

— Vous annulez sa dette en échange de bon temps avec moi. Sauf que vous ne lui laissez pas l'opportunité de refuser votre proposition…

— Vous estimez vos précieux conseils à vingt mille euros et vous traitez cette jeune femme comme de la viande, lieutenant Bercacci. Ai-je bien compris ?

— Monsieur Mancini, comme je vous respecte, je ne dirai pas que c'est l'hôpital qui se moque de la charité. Néanmoins, je ne suis pas certain que Pietro et vous fassiez preuve de la même sensibilité pour les filles qui travaillent dans vos clubs ou le long des boulevards.

— Certains de vos collègues et vous-même ne semblez pas vous en plaindre, répondit froidement le mafieux.

— Je ne critiquais pas. Je faisais juste remarquer que ma demande n'a rien d'extraordinaire. Allez, vous me laissez jouer avec pendant un mois ! Par rapport à ce que vous allez empocher avec les Coréens, c'est une bagatelle.

Fabio Mancini s'octroya un moment de réflexion.

— Je ne suis pas persuadé que Zoé apprécie la chose.

— Mais arrête avec Zoé ! s'énerva Pietro. Ça va un temps, d'accéder à tous les caprices de la fille de ta maîtresse ! Sa mère t'accordera ses faveurs, de toute façon. Et puis ça fera un exemple ! Les dettes que l'on doit à la famille Mancini, ça se rembourse ou on en paye le prix fort.

— Alors… c'est un « oui » ? en profita Bercacci.

— Ce sera un « oui » dès que nous disposerons du parchemin de Nostradamus.

— Et qu'on aura retrouvé la fille, ajouta Pietro.

— Comment ça, retrouvé la fille ? s'étonna son frère.

— Natacha a disparu depuis la mort de l'autre abruti dans la savonnerie.

— Et tu dis ça comme s'il s'agissait d'une gentille fugue ! Mais tu sais que cette fille est au courant d'une partie de nos activités ? Si elle va chez les flics et déballe tout, ça va sentir mauvais… et pour vous aussi, Bercacci. Elle vous a croisé !

Malgré le danger imminent, l'OPJ garda son calme.

— Récupérer Natacha, j'en fais mon affaire.

— Mouais, permettez-moi d'en douter… Pietro, mets une équipe sur le coup, rebondit Fabio. Elle n'a pas pu se volatiliser.

— Sa bonne amie Zoé n'est peut-être pas étrangère à sa disparition, glissa perfidement Pietro.

— Je l'interrogerai. D'ici là, vous deux, rapportez-moi ce foutu parchemin avant demain.

31.

Le parchemin – 16 mai

Il ne restait qu'une douzaine de livres à opérer. Charles avait quitté l'équipe, occupé par ses nouvelles activités de coach sportif. Des quadragénaires qui cèdent à l'appel du printemps en tentant de retrouver la ligne de leurs vingt ans, ça ne se fait pas attendre ! François, lui, avait rejoint Vitrolles pour une répétition avec son bagad. La ferveur de la veille avait baissé de deux crans.

— Tu penses qu'on va le trouver, ce parchemin ? souffla Irène dont l'enthousiasme légendaire s'amenuisait ouvrage après ouvrage.

— On le saura d'ici à une demi-heure, philosopha Jean-Louis en regardant la pile.

— Si c'est pour faire une réponse pareille…

Le froncement de sourcils de son mari arrêta les propos irrités.

— Il y a quelque chose ?

— Ça se pourrait bien, confirma Jean-Louis avec un léger tremblement dans la voix.

Comme sa femme s'approchait de lui, il s'attaqua à la couverture avec une application redoublée. Millimètre après millimètre, le joint de colle d'amidon cédait sous l'avancée du scalpel. Le coin d'une feuille de toute évidence ancienne apparut à leurs yeux.

— Incroyable, il existe vraiment ! Je me demande ce qu'il contient ! Dépêche-toi, Jean-Louis !

Dix minutes plus tard, un folio plié en six trônait religieusement sur la table familiale. Le temps en avait jauni la teinte initiale, mais il semblait en bon état.

— On essaie de l'ouvrir ?

— Allez, go.

— Il me reste des gants en plastique achetés à l'époque de l'épidémie de Covid. Au moins, ils serviront à quelque chose.

Avec des précautions dignes d'un démineur désamorçant une bombe, ils déplièrent le précieux parchemin en veillant à ne pas le déchirer. Une fine calligraphie apparut, couvrant toute la page. En haut, une date : 1564.

— L'année du passage du roi de France à Salon, s'enflamma Irène.

— Il faudra attendre un peu avant de décoder le contenu du message de notre ami Nostradamus.

— Comment ça ?

— Regarde de près.

Irène chaussa une paire de lunettes pour tenter de deviner la teneur des mystérieuses lignes.

— Ah ben flûte, c'est en latin ! Et d'ailleurs, même si c'était en français, je n'arriverais pas à déchiffrer son écriture tarabiscotée.

— Donc, on est coincés.

— Pour l'instant.

— Tu as une idée ?

— Aristide Domazan va nous décrypter tout ça.

— Domazan… Ton nouvel amoureux transi ? Tu penses qu'il parle latin ?

— Je ne pense pas, j'en suis sûre ! Quand j'ai dîné avec lui, il m'a avoué qu'il adorait apprendre des langues étrangères, vivantes ou mortes. Impossible qu'il ne tire pas la substantifique moelle de ce document.

— Alors appelle vite notre sauveur !

— C'est que… il n'a pas le téléphone.

— Ah oui, c'est vrai, l'ours des Alpilles ! Appelle le resto ou le bar du village. Ils pourront envoyer quelqu'un pour le contacter.

— Même s'il y a fait un retour remarqué, il conserve sans doute sa réputation de sauvage. Je ne suis pas certaine qu'ils se précipiteront chez lui. Je vais m'y rendre directement et si jamais il est parti en vadrouille, je lui laisserai notre « précieux » sous sa jardinière à pétunias. C'est là qu'il cache ses clés.

— Eh bien ma vieille, ton spécialiste était en veine de confidences !

— Moque-toi de moi, mais ses connaissances vont nous être bien utiles.

— Je plaisante… Allez, va vite retrouver Aristide. Je suis impatient de découvrir la teneur du testament de Nostradamus.

32.
Zoé – 16 mai

Margot Garcia avait choisi de consacrer son samedi à ses recherches. Elle avait repoussé une fois de plus son week-end à Aubagne chez ses parents. Elle s'en était voulu quand elle avait su que sa mère avait cuisiné une bouillabaisse spécialement pour elle. Cependant, son père l'avait consolée en lui affirmant qu'elle se conserverait très bien au congélateur et qu'ils la dégusteraient ensemble la semaine suivante.

L'OPJ sentait qu'elle approchait du dénouement, et la présence de Bercacci dans l'équation l'inquiétait. Baptiste Lebel l'avait appelé « l'informateur ». Si les Mancini étaient impliqués dans ce meurtre, ce pourri devait forcément leur communiquer les éléments de l'enquête. Elle avait donc attendu que Bercacci quitte le commissariat pour effectuer le briefing quotidien avec son équipe.

Dix-huit heures. Margot regarda sa montre. Zoé lui avait donné rendez-vous dans un endroit désert au milieu des Alpilles. Les lieux auraient pu apparaître enchanteurs en d'autres circonstances. Le ciel bleu azur, des oliviers aux feuilles vert et argenté à perte de vue, des tapis de coquelicots rouge sang et des buissons de genêt aux fleurs jaunes formaient un décor de couleurs propres à ravir tout amoureux de la nature ou amateur de photos. Mais dans ces circonstances, Margot n'avait pas l'âme d'une poétesse. Baptiste Lebel avait dû négocier de pied ferme pour que Zoé Malaterre accepte de rencontrer une flic de la police judiciaire. Quand on est la presque belle-fille d'un des parrains de Salon-de-Provence, certaines fréquentations sont à proscrire. Mais la situation de Sophia Samaras alias Natacha Fernandez avait justifié cette entrevue improbable.

Un bruit de moteur monta du fond du vallon. Margot vérifia une nouvelle fois la présence de son Sig Sauer. Même si elle n'avait jamais eu l'occasion de l'utiliser en mission, elle avait terminé meilleure tireuse de sa promotion. En acceptant ce rendez-vous, elle savait qu'elle prenait un risque. Elle n'avait pas eu d'autre choix que de faire confiance à Baptiste Lebel, en espérant qu'il ne s'agisse pas d'un piège.

Une Mini Cooper rouge apparut au bout du chemin et ralentit. Ce n'était pas une voiture de tueur à gages, se détendit Margot. Le cabriolet se gara à dix mètres de sa 3008 banalisée. Le conducteur coupa son moteur, rendant aux stridulations des cigales toute leur puissance. Durant plusieurs secondes, rien ne se passa. Margot ne pouvait identifier l'occupant derrière les vitres fumées de la Mini. Puis la porte s'ouvrit et une silhouette féminine en sortit. Elle reconnut Zoé Malaterre. La jeune femme ressemblait aux photos qu'elle postait quotidiennement sur Instagram. Plutôt jolie fille, avec des vêtements qu'un mois de salaire de l'OPJ n'aurait pas suffi à payer.

— Vous êtes la flic qui cherche Sophia ?

L'introduction avait le mérite d'être directe. Margot ne s'en offensa pas. Elle était bien la représentante d'une institution peu appréciée par le milieu.

— Oui, se contenta-t-elle d'affirmer.

— Vous êtes seule ?

Margot, d'un ample mouvement du bras, désigna le paysage désert autour d'eux.

— C'est la condition que vous avez posée à notre rencontre.

— Une promesse n'engage que ceux qui la croient !

— Vous savez, Zoé, je veux coincer les meurtriers de Matthias Venasque. J'ai absolument besoin de la version de Sophia Samaras, ou Natacha Fernandez... donnez-lui le nom que vous préférez. Et vous seule pouvez m'y conduire.

Zoé Malaterre avait observé la gestuelle et les traits de son interlocutrice. Depuis son plus jeune âge, sa mère lui avait appris à juger les gens à partir de leur comportement : une sorte de programmation neurolinguistique avant l'heure pour survivre dans un aquarium saturé de requins. La conclusion de son examen la poussa à coopérer.

— Montez dans ma voiture, on va aller la voir. Je l'ai planquée.

Comme Margot ne bougeait pas, elle lança, agacée :

— Vous voulez la rencontrer ou pas ?

— Les Mancini la recherchent aussi.

— C'est une question ou une affirmation ?

— Une affirmation. Et ils se doutent également que vous pouvez les mener à elle.

— Je ne trahirai jamais Sophia !

— Je ne vous mets pas en cause, Zoé. Mais pouvez-vous m'assurer qu'aucun traceur GPS n'a été installé à votre insu dans votre Mini ?

La jeune femme hésita. Sa mère l'avait effectivement exfiltrée en urgence de leur maison, car la tension était grande chez les Mancini. Zoé se méfiait d'eux. Même si Fabio vénérait sa mère, elle craignait tout particulièrement l'autre pervers de Pietro.

— Aucune idée. Qu'est-ce que vous proposez ?

— On prend ma voiture.

— Pour que vous sachiez où elle se cache, c'est ça ?

— Vous comptiez me bander les yeux pendant le voyage ?

Zoé ne répondit pas. C'était effectivement ce qu'elle avait prévu.

— À vous de choisir, conclut Margot. Mais dépêchez-vous de vous décider. Si Pietro Mancini débarque avec ses sbires, on sera en position de faiblesse.

— OK, OK, va pour votre voiture.

33.

La planque – 16 mai

Les deux femmes avaient roulé en direction de Fontvieille, puis elles avaient emprunté des routes de plus en plus étroites pour finir sur un chemin empierré que Margot avait dû prendre en première. Personne ne les avait suivies. Durant le trajet, Zoé avait confié ses craintes à la policière. Sophia savait forcément qui accompagnait Matthias la nuit du meurtre. Elle représentait donc un risque pour les Mancini. Et en la matière, les deux frères appliquaient une politique sans concession. Ils coupaient le danger à la racine.

Sophia et Zoé s'étaient connues à l'âge de douze ans dans un club de gymnastique rythmique à Marseille. Elles avaient immédiatement lié une amitié très forte qui, douze ans plus tard, n'avait rien perdu de son intensité. Sophia admirait cette Zoé sûre d'elle que toutes les autres fillettes enviaient. C'était la « populaire » du collège. Zoé, quant à elle, avait tout de suite ressenti la volonté de Sophia de s'en sortir : une détermination aussi farouche l'avait impressionnée. À cette époque, Sophia habitait en foyer, mais elle voulait un véritable avenir. Cette amitié les avait sans doute sauvées toutes les deux.

Sophia avait trouvé la sœur à qui elle pouvait confier ses peines et ses espoirs, Zoé n'avait pas plongé dans les tentations de l'argent facile gagné par sa mère. Peintre médiocre à ses heures perdues, Gina Malaterre aurait été, au XIXe siècle, une courtisane de luxe. À quarante-trois ans, elle dégageait un charme qui aimantait encore les cœurs à prendre. Mais elle ne recherchait plus des aventures de passage. Pour elle et pour Zoé, elle souhaitait la stabilité. Quatre ans plus tôt, Gina s'était installée à Salon-de-Provence avec Fabio Mancini, de dix ans son aîné. Elle savait que son amant était à la tête de multiples trafics, mais une certaine fatalité la poussait à admettre qu'avec ou sans elle, ses activités auraient été les mêmes. Elle avait au moins offert une existence confortable à sa fille.

Fin décembre, c'est tout naturellement que Sophia avait contacté son amie d'enfance quand elle avait dû quitter Marseille du jour au lendemain pour échapper à ses poursuivants. Grâce à Zoé et sa mère, et surtout grâce à Fabio Mancini, Sophia avait obtenu une nouvelle identité. Sophia, brune aux cheveux bouclés, était devenue Natacha Fernandez, une blonde avec une paire de couettes.

Elles s'arrêtèrent à l'orée d'un petit bois de chênes verts et de résineux, arbres qui résistaient à la chaleur et apportaient une protection bienvenue durant l'été. Le sol était couvert d'herbes folles et de pommes de pin, et en fond, les cigales avaient entamé leur symphonie estivale. La tension palpable de cette affaire de meurtre au milieu d'un paysage ensoleillé que n'aurait pas renié Marcel Pagnol, troublait la policière.

— La cabane est à cinquante mètres, annonça Zoé en se dirigeant vers une sente à peine décelable. Elle a été sommairement aménagée par un ami pour les moments où il a besoin de... tranquillité.

Margot ne chercha pas à savoir si la planque servait de garçonnière discrète ou à échapper à la police, et suivit sa guide. Elles arrivèrent face à un ancien abri de berger en pierres sèches restauré avec goût. Étonnant de trouver une telle habitation au milieu de rien. Le long du mur, un VTT pour se rendre, en cas d'urgence, au village le plus proche situé à environ cinq kilomètres. Devant la porte, un pistolet à la main, la fugitive les attendait. Le crâne rasé, elle ne ressemblait plus en rien à la brune aux cheveux bouclés ou à la blonde à couettes. En reconnaissant Zoé, elle posa son arme et se précipita dans ses bras.

— Qui est-ce ? demanda-t-elle après plusieurs secondes.

— Le lieutenant de police Margot Garcia, annonça son amie.

Interloquée, Sophia chercha une réponse dans son regard.

— C'est elle qui traque l'assassin de Matthias. Elle a besoin de toi pour avancer.

— Et pour vous protéger des Mancini, ajouta Margot.

— Qu'ils crèvent en enfer ! cracha Sophia, des éclairs de haine dans les yeux. Zoé, je suppose que si tu amènes une flic ici, c'est que tu as confiance en elle.

— C'est un pari, mais la situation est tendue. Pietro a débarqué cet après-midi à la maison pour m'interroger. Maman m'a fait sortir en urgence pour éviter la confrontation.

— Pietro Mancini et Paul Bercacci, lâcha Sophia avec mépris. Deux pourritures ! Allez, venez à l'intérieur. J'étais en train de me préparer un thé.

À la vue de ces trois femmes assises autour du foyer central, un mug de thé vert à la main, un visiteur aurait pu imaginer des retrouvailles entre copines amoureuses de la nature. En écoutant les conversations, il aurait vite compris son erreur.

Après quelques explications, Sophia avait accepté de s'ouvrir à la policière. Margot l'avait lancée sur sa relation avec Matthias. La fugitive avait passé outre ses émotions pour livrer le récit le plus factuel possible.

— Je l'ai rencontré en octobre dernier au théâtre de la Criée, sur le Vieux-Port. Ils organisaient une première. J'avais été embauchée comme extra pour assurer le service du buffet après la représentation. Matthias, lui, bossait dans l'équipe technique. On s'est croisés à la fin de la soirée, après le départ des derniers convives. Il m'a demandé s'il me restait quelque chose à boire. Je lui ai proposé du champagne, mais il a préféré du jus d'orange. Ça m'a fait rire, parce qu'il y a beaucoup de pique-assiette au cours de ces événements et s'envoyer du champagne aux frais de la princesse, c'est leur Graal. Matthias, il avait juste soif. Comme il avait terminé ses travaux, il m'a aidée à ranger les tables et à porter le matériel jusqu'à la camionnette. Le lendemain, il m'invitait à dîner au resto et la nuit qui a suivi, on couchait ensemble.

— Sa mère m'a dit qu'il était fou amoureux de vous. Je ne sais plus si ce sont exactement ses termes, mais…

— Oh, ses termes, je les imagine. On était fous amoureux l'un de l'autre, c'est vrai. Sans jouer les Cosette, je n'ai pas toujours mené une vie facile. Dans certains milieux… non, dans tous les milieux, être une jolie femme peut attirer le manque de respect. Vous avez dû en faire l'expérience ! ajouta-t-elle en scannant Margot de la tête aux pieds. Avec Matthias, je pouvais me livrer, je lui accordais une confiance totale. Madeleine Venasque était juste jalouse de constater qu'elle ne représentait plus le centre du monde féminin de son fils. J'ai sincèrement essayé de faire de mon mieux, mais je crois qu'elle m'a prise pour une dissimulatrice, une étrangère qui venait lui voler son trésor.

La policière hésita un instant et se décida.

— Ses propos à votre encontre n'étaient pas toujours avenants. Je vais vous poser une question directe : elle m'a affirmé que vous vous droguiez, c'est le cas ?

Sophia ne s'offusqua pas.

— Ah, la fameuse soirée de la Saint-Nicolas ! J'étais super stressée à l'idée de voir celle qui serait peut-être un jour ma belle-mère. Quand Matthias m'en parlait, la vision que je m'en faisais oscillait entre l'ange et le dragon. En fin de compte, la seconde option était de loin la plus réaliste. Pour me détendre, je m'étais fumé un joint avant d'aller chez eux. Je l'avais un peu trop chargé.

— Vous marchez juste au cannabis ?

— Oui, pourquoi ? s'étonna Sophia.

— Mme Venasque m'a assuré qu'elle avait noté une trace de piqûre sur un de vos bras. Pour elle, vous consommiez aussi de l'héroïne.

— Elle abuse ! Je vous jure qu'aucune de nous n'a touché à cette saleté ! s'emporta Zoé. Et si Sophia avait voulu essayer, elle aurait d'abord dû me passer sur le corps.

Sophia n'avait rien dit, pensive. Soudain, son visage s'éclaira tristement.

— J'étais allé faire une prise de sang cet après-midi-là. Un retard de règles… mais fausse alerte. Peut-être que si je lui avais annoncé qu'elle allait être grand-mère, elle m'aurait mieux accueillie. Et maintenant, vous allez me demander pourquoi je me suis enfuie de Marseille sans prévenir celui que je vous présente comme l'amour de ma vie. Je me trompe ?

— Vous ne vous trompez pas.

— J'ai toujours mené mon existence de façon indépendante. À Marseille, je naviguais entre deux jobs alimentaires et un projet. Je travaillais en extra pour un traiteur ou pour remplacer des serveuses manquantes d'un côté et je faisais de l'intérim en secrétariat de l'autre. J'ai obtenu un diplôme inutile dans le domaine du tourisme, jusqu'au jour où…

— Jusqu'au jour où votre projet a pris forme, c'est ça ?

— Exactement. Comme mon nom l'indique, je suis d'origine grecque. Je suis née en Grèce, à Athènes. Je n'en ai aucun souvenir, car mes parents l'ont quittée quand j'avais deux ans. Ils sont venus à Marseille chercher un boulot que leur avait promis un vague cousin. Je ne sais pas ce qui s'est passé, mais ils ne l'ont jamais trouvé. Ils ont donc survécu à coups de petits jobs. Ils sont morts quand j'avais cinq ans. Je m'en rappelle, même si je n'en ai gardé qu'une photo. J'ai ensuite navigué entre foyers et familles d'accueil, mais j'ai réussi à m'en sortir et Zoé m'a bien aidée.

Margot nota l'amitié entre les deux filles et les envia.

— Et ce projet ?

34.

Le projet – 16 mai

— Le projet, j'y arrive. Au fond de mon cœur, j'ai toujours considéré la Grèce comme un paradis, même si elle fait face à une terrible crise économique. C'était le lieu magique où j'allais me réfugier, le soir dans mon lit, les jours où la journée avait été mauvaise. Mon pays de Cocagne ! C'est aussi la raison pour laquelle je me suis lancée dans des études de tourisme. L'été dernier, un ami m'a présentée à un voyagiste grec. Il connaissait mon profil. Il voulait créer un concept de vacances dans des îles grecques encore peu fréquentées qui allierait écologie et aventure tout en offrant un bon niveau de confort. Je suis allée le rencontrer à Paris, son projet tenait la route. J'aurais été basée en France et je me serais occupée de tout le *merchandising.* Et puis de temps en temps, j'aurais accompagné des clients là-bas. Au retour, j'étais complètement excitée. En septembre, il m'a proposé de m'associer à lui. J'avais pris mes précautions en faisant relire le contrat à une copine juriste. Pas de piège. En octobre, il a décidé de construire le premier camp dans une île de la mer Ionienne. Mais pour devenir associée, je devais investir quarante mille euros.

— Dont vous ne disposiez pas ?

— Non. Comment aurais-je économisé une telle somme ? J'en ai discuté avec Matthias, qui était emballé lui aussi. En vidant nos comptes et en vendant tout ce qui ne nous était pas indispensable, on a récupéré dix mille euros. J'ai réussi à négocier un prêt bancaire de dix mille euros à un taux indécent, mais je m'en fichais. Il nous en restait quand même vingt mille à trouver.

— Tu aurais dû me les demander, Sophia.

— On en a déjà parlé, Zoé. Je sais que tu m'aurais aidée, mais même si je t'adore, je voulais y arriver toute seule et me prouver que la petite Grecque de l'Assistance publique était capable de monter une belle affaire. Mon Dieu…

Margot laissa à la fugitive le temps d'essuyer les quelques larmes qui roulaient sur sa joue.

— Et là, j'ai fait l'erreur de ma vie… Je travaillais régulièrement dans un bar du quartier de la Plaine. Le gérant me faisait du gringue chaque fois qu'il me croisait. Il m'avait assuré que si j'avais besoin de quoi que ce soit, je pourrais faire appel à lui. Et moi, aveuglée par mon projet, j'y ai cru.

La policière l'encouragea à poursuivre d'un mouvement de tête, touchée par l'histoire de cette fille à peine plus jeune qu'elle. Elle devinait déjà une partie de la suite.

— Alors je suis allée le voir, et je lui ai expliqué pourquoi il me fallait vingt mille euros. Devant moi, il a téléphoné à son patron : Karim Benryad. Vous connaissez ?

— On connaît tous les gros trafiquants de drogue à la PJ.

— Naïve que j'étais, je pensais que c'était juste le propriétaire du club. Bref, au bout d'un moment, le gérant m'a demandé de sortir et a continué sa discussion en privé. Un quart d'heure plus tard, il est venu me chercher avec un grand sourire aux lèvres : « Tu peux les avoir tout de suite, ou tout du moins dès qu'on se sera mis d'accord sur les conditions de remboursement. » Moi, si méfiante d'habitude, j'étais hypnotisée par la liasse de billets de cent euros qu'il tenait à la main.

— Et qu'avez-vous signé ?

— Un truc que je n'aurais jamais imaginé accepter quelques semaines plus tôt. Franchement, je ne sais pas ce qui m'a pris. Benryad me confiait du cannabis. Suffisamment pour gagner quarante mille euros. Sur ces ventes, j'en gardais vingt mille pour moi et je lui en reversais vingt mille. J'avais un mois…

— Vous disposiez d'un réseau ?

— Je travaillais dans un bar où des clients me sollicitaient régulièrement pour de la beuh, et puis j'ai accepté quelques extras dans des lieux de fête. Quarante mille euros en un mois, ça faisait un peu plus de mille euros par jour. Comme l'herbe était de bonne qualité, je pensais que ce serait facilement atteignable.

— Où est-ce que ça a coincé ?

— La première semaine, j'ai dealé comme une folle. J'avais remisé mes scrupules en me convainquant que je ne forçais personne à consommer. Mais un soir, en rentrant chez moi, j'ai tout de suite remarqué la serrure cassée. On m'avait volé toute la drogue ainsi que l'argent que j'avais gagné.

— Matthias était-il au courant de ce trafic ?

— Je ne lui en avais pas parlé. Il m'en aurait dissuadée.

— Alors comment lui aviez-vous expliqué l'arrivée des vingt mille euros ?

— Je… je lui ai annoncé que la mère de Zoé me les avait prêtés. Il était aux anges.

— Elle te les aurait prêtés, glissa Zoé, mais sans chercher à accabler son amie.

— Qu'avez-vous fait ensuite ? la relança Margot.

— Ça a été atroce. Je suis allée voir le gérant et je lui ai raconté ce qu'il s'était passé. Inutile de tourner autour du pot. Il s'est énervé, mais pas autant que ce qu'il aurait dû ! Ce n'est que quelques jours plus tard que j'ai compris que c'était un homme de Benryad qui m'avait cambriolée. Il connaissait mes horaires de boulot et mon adresse personnelle ; un jeu d'enfant pour lui. Le lendemain, Benryad lui-même est venu me voir au bar. Je lui devais vingt mille euros et je n'avais plus que trois semaines pour les lui rembourser.

— Vous n'avez pas cherché à les emprunter à votre amie Zoé, ce coup-là ?

— C'est ce que j'allais faire, mais Benryad m'a mis un autre marché entre les mains… enfin, il a voulu m'imposer autre chose. Le rembourser en travaillant un mois dans l'un de ses clubs, mais comme escort. Vous voyez le genre ?

— Je ne le vois malheureusement que trop bien.

— J'ai d'anciennes copines de foyer qui ont plongé là-dedans. Aucune n'en est ressortie indemne. Ces types ne relâchent jamais une poule aux œufs d'or ! Il m'a donné une journée pour me décider. Le lendemain matin, à l'aube, j'ai récupéré les quelques affaires qui me restaient et j'ai fui Marseille pour retrouver Zoé à Salon.

35.

La transformation – 16 mai

— Quand j'ai vu arriver Sophia paniquée, enchaîna Zoé Malaterre, j'ai compris que la seule manière de la sauver était de la placer sous la protection d'un autre mafieux capable de tenir tête à Karim Benryad : Fabio Mancini. Dans un style différent, il est aussi pourri que le Marseillais, mais il est amoureux de ma mère depuis quatre ans et il a une certaine affection pour moi. C'était potentiellement tomber de Charybde en Scylla, mais cela permettait de régler la situation de Sophia à court terme. J'en ai parlé le soir même à maman qui a profité de son week-end en tête à tête avec Fabio pour plaider la cause de mon amie. Elle a dû être très convaincante, parce qu'il a accepté. Il a prêté vingt mille euros à Sophia. En échange, elle devait travailler dans ses établissements.

Au regard surpris de la policière, Sophia intervint.

— Il ne m'a pas fait bosser comme escort. Je suis serveuse et j'aide à la comptabilité d'un de ses bars à côté de Salon.

— *The Dice* ?

— Non, mais celui-là, je n'aurais jamais dû y mettre les pieds. Bref, une offre correcte. Il se dédommage en gardant une partie de mon salaire, normal.

— Alors pourquoi avez-vous eu besoin de changer d'identité ? Votre dette était remboursée, n'est-ce pas ?

— M. Mancini a envoyé un de ses employés livrer à Benryad les vingt mille euros que je lui devais. Benryad n'a pas eu d'autre choix que de les accepter, mais il était fou de rage. Fou de rage parce que je lui avais « manqué de respect ».

Margot attendit la suite. Elle connaissait suffisamment ce milieu pour savoir que le respect se nichait parfois à des endroits où le commun des mortels ne serait pas allé le chercher.

— Je ne l'avais pas respecté parce que j'avais quitté Marseille sans son accord alors que je lui devais de l'argent.

— Dans la tête de cette ordure, intervint Zoé, Sof tapinait déjà pour lui. Je me suis renseignée discrètement auprès d'un lieutenant de Fabio. Une fille qui a du succès peut rapporter plus de mille euros par jour, pour un investissement quasiment nul.

— Mancini vous a pourtant « rachetée », insista la policière. Benryad serait prêt à vous enlever pour se venger ? Il manquerait de respect à Mancini…

— Fabio voulait bien faire plaisir à Maman en s'occupant du cas de Sophia, précisa Zoé, mais pas question pour lui d'entrer en guerre contre un autre caïd marseillais. Alors il m'a lui-même conseillé de changer l'identité de Sophia en attendant que les choses se tassent. Dans quelques semaines ou quelques mois, Benryad passera à autre chose. Mais d'ici là…

— D'ici là, je suis devenue une Natacha Fernandez blonde. On m'a trouvé de nouveaux papiers qui m'ont permis de mener ma vie actuelle. Je regarde fréquemment derrière moi dans la rue, mais Fabio Mancini a gardé le secret… sauf auprès de sa garde rapprochée. C'est Zoé qui s'est chargée de ma transformation.

— C'était très réussi, confirma Margot. Encore plus depuis que vous avez adopté une coiffure de skinhead. Mais votre cicatrice au coin de la bouche, comment est-ce que ça vous est arrivé ?

— Mon entretien avec Benryad à Marseille, répondit Sophia, le visage fermé.

Margot, absorbée par les révélations des deux filles, avait laissé refroidir son thé. Restait maintenant à comprendre la série d'événements qui avait entraîné l'assassinat dans le musée Garlaban.

— À quel moment Matthias Venasque vous a-t-il retrouvée ?

— Abandonner Matthias m'avait rendue malade, reprit Sophia. Je subissais une double peine, mais je savais que si je l'avais tenu informé de mes déboires, il aurait cherché à négocier avec Benryad et il l'aurait payé cher.

La policière se retint de lui rappeler qu'il l'avait effectivement payé cher.

— Début avril, continua Sophia, il a débarqué dans le bar où je travaillais de jour. Malgré mon changement de coiffure, il s'est dirigé directement vers moi. J'étais pétrifiée, folle de joie de le revoir, mais paniquée à l'idée de la scène qu'il allait me servir. Après tout, on s'était promis de s'aimer pour toujours et je l'avais quitté sans le prévenir. J'ai posé mon plateau et il m'a prise dans ses bras et longuement serrée contre lui. Le soir, il m'a expliqué comment il avait réussi à retrouver ma trace.

Quand je lui ai avoué les raisons de ma fuite, il ne m'a pas jugée.

— Pourquoi a-t-il conservé sa colocation ? Vous n'aviez pas envie d'habiter ensemble ?

— Bien sûr que je ne rêvais que de ça. Mais après ce qui s'était passé à Marseille, on devait être discrets. On a donc décidé de se voir, mais pas de vivre ensemble, pour ne pas attirer l'attention. Mais on n'a pas été assez prudents…

36.
Le rachat – 16 mai

— Peu après m'avoir retrouvée, Matthias a obtenu un poste d'animateur dans le musée d'une savonnerie. Il était super heureux. Ça lui permettait d'améliorer son quotidien, mais surtout, il s'éclatait. L'automne dernier, j'étais allée le voir jouer à Marseille. Franchement, il était excellent ! Et puis tout a basculé. Il y a maintenant près de deux semaines, Fabio Mancini m'a convoquée en personne. Je ne l'avais rencontré qu'une fois depuis mon arrivée. Zoé ne savait pas ce qu'il me voulait.

— Je ne me mêle jamais de leurs histoires, précisa Zoé, mais j'ai posé la question à ma mère. Elle n'en avait aucune idée. De toute façon, quand un Mancini vous convoque et que vous lui devez de l'argent, vous ne réfléchissez pas et vous obéissez.

— Il m'attendait dans son bureau avec un type que j'avais déjà croisé au *Dice*, les soirs où je m'y rendais avec Matthias. Je me suis dit qu'il devait bosser pour les Mancini. M. Mancini a expédié les formules de politesse et m'a demandé de lui confirmer que mon copain travaillait bien à la savonnerie Garlaban. J'étais très étonnée : en quoi est-ce que ça le concernait ? Il m'a ensuite sèchement rappelé ma dette et m'a déclaré qu'il avait soudain besoin d'un remboursement très rapide.

— Ce fumier lui a refait le coup de Benryad ! s'énerva Zoé. J'avais cru un temps qu'il était plus humain que les autres. Quelle andouille j'ai été !

Comme dans un duo bien rodé, Sophia reprit :

— J'étais anéantie. Une fois de plus, alors que je pensais avoir droit à ma petite part de bonheur, tout s'effondrait. À ce moment-là, le second est intervenu, en mode *good cop*. Il s'est adressé à Mancini et a plaidé ma cause. Je ne suis pas née de la dernière pluie, c'était sans doute un numéro répété à l'avance. Mais il m'a redonné de l'espoir. Ma dette pouvait être annulée si Matthias acceptait de les aider. Au début, ça m'a surprise. S'il y a un gars qui n'a pas un esprit de gang, c'est bien Matthias ! Mancini a fait semblant de réfléchir et d'avoir été convaincu par le discours de son partenaire.

— C'était Paul Bercacci ? demanda Margot.

— Vous le connaissez ?

— On travaille ensemble.

— C'est un flic ? s'exclama Sophia. Un infiltré ?

— Non, plutôt un ripou. Et d'après ce que j'ai compris, vous lui plaisez bien… sans doute un peu trop.

— J'ai vu comment il me déshabillait du regard. Et j'avais remarqué qu'il était ridiculement jaloux de Matthias. Vous allez l'arrêter ?

— Si on dispose de preuves assez solides pour l'inculper, je ne m'en priverai pas. Mais c'est troublant qu'il ait assisté Mancini au cours de cet entretien. Vous deveniez un témoin de leur collusion.

— Pas tant que ça, finalement. Quand il vient au *Dice*, c'est tout juste si ce flic ne se prend pas pour le proprio.

Paul Bercacci était stupide, mais les gens stupides réagissent parfois de façon imprévisible. La policière remonterait ces éléments au capitaine Lebrun dès que possible.

— Alors qu'est-ce que vous a proposé Mancini après avoir été « convaincu » par Bercacci ?

— La remise de ma dette en échange d'un service de Matthias. Il devait se rendre de nuit dans l'entreprise où il travaillait pour y dérober un objet. Je savais que Matthias dirait « oui » tout de suite : ça me semblait presque trop beau pour être vrai. Qu'est-ce qui peut bien valoir vingt mille euros dans un tout petit musée qui ne contient que des babioles ? Il m'avait invitée à le visiter. Si je suis devenue incollable sur l'histoire du savon de Marseille, je n'ai vu aucun trésor protégé derrière des vitrines blindées.

— Il cherchait un parchemin original écrit par Nostradamus, la renseigna Margot. Sans doute parce qu'un tel document peut valoir très cher. Mais il ne l'a malheureusement jamais trouvé. Racontez-moi la suite.

— Matthias a sauté sur l'occasion. En me débarrassant de cette dette, il rachetait ma liberté. Il stressait un peu, parce que faire un cambriolage en pleine nuit, surtout chez des gens qu'il appréciait, ce n'était pas dans sa nature. Il m'a demandé si je l'autorisais à séduire une collègue pour voler les clés de l'entrée du musée. Comme s'il avait besoin de mon autorisation alors qu'il allait me sortir de mon esclavage !

D'après le récit de Julie Panisse, la séduction avait été réciproque et consommée sur une table de bureau. Une manière d'évacuer sa peur ?

— Et puis le 11 mai au soir, il m'a annoncé que ce serait pour la nuit à suivre. Je l'ai rassuré en lui disant que tout se passerait bien.

— Savez-vous qui l'accompagnait pour cette opération « sans risque » ?

— Drago Pantelic, intervint Zoé. Un des lieutenants les plus violents de Pietro. J'ai entendu Fabio en discuter au téléphone avec son frère.

Ça y était ! La policière avait donc la confirmation du nom du tueur. Le témoignage de Zoé n'était pas recevable par une cour de justice, mais elle allait mettre son équipe sur Pantelic. Elle devait aussi saisir l'arme du crime. Ce genre de type travaillait toujours avec son poignard fétiche. Elle demanderait alors au médecin légiste de comparer la forme de la lame avec celle de l'entaille retrouvée dans le corps de la victime.

— Et ensuite ? relança-t-elle en remuant les souvenirs encore à vif de Sophia.

— Le 12 au matin, on a tambouriné à ma porte. Je n'avais pas dormi de la nuit à cause de l'angoisse. Je me suis précipitée vers l'entrée. Je pensais accueillir Matthias, mais c'est Zoé qui se trouvait devant moi.

— J'avais appris sa mort, enchaîna son amie. Je me suis dit que ça n'allait pas sentir bon pour Sophia. Je suis venue la chercher pour la cacher chez moi.

— Donc, dans la maison d'un Mancini ? s'étonna Margot.

— Non, je n'y loge que lorsque je rends visite à ma mère. Je loue un studio en ville avec mon salaire d'infirmière. Dès que je peux éviter de dépendre de Mancini, je ne m'en prive pas. Rien n'est jamais gratuit avec eux…

— Que redoutiez-vous exactement ? Matthias s'était fait assassiner par son « garde du corps » et Sophia ne s'était jamais opposée à ce projet, au contraire.

— L'histoire a souvent prouvé qu'être innocent n'est pas suffisant pour empêcher les problèmes de vous tomber dessus. J'avais compris que ce parchemin obsédait les Mancini lorsque j'ai entendu Fabio en parler à maman. J'ai craint leur réaction, et j'ai préféré mettre Sof à l'abri. D'abord chez moi, puis le soir même, dans cette cabane.

Margot hocha la tête et désigna le pistolet posé sur la table à côté de la théière.

— Et ça, vous savez vous en servir ?

— À un mètre et avec l'effet de surprise, ça doit le faire, non ?

— Si vous êtes plus rapide que votre agresseur, peut-être. Mais ça peut aussi vous envoyer en prison pendant plusieurs années.

— Ça ne peut pas être pire que les endroits où Benryad et Mancini pourraient me faire croupir.

La logique aurait voulu que la policière saisisse l'arme. Mais elle la lui laissa sans l'interroger sur son origine.

— Et maintenant ? s'enquit Zoé.

Margot prit le temps d'intégrer toutes ces nouvelles pièces dans le puzzle de l'enquête. Il prenait forme.

— Dans un premier temps, restez à l'abri. De mon côté, je vais m'intéresser de près à Pantelic. Par ailleurs, vous m'avez dit que les Mancini tenaient beaucoup à ce parchemin… qu'ils n'ont toujours pas récupéré !

— Maintenant que j'y pense, précisa Zoé, en fin de matinée, alors que je bronzais dans le jardin, ma mère a demandé à Fabio s'il déjeunait avec elle. Il a répondu de ne pas l'attendre parce qu'il devait rencontrer l'autre emmerdeur de flic.

— Bercacci ? Aujourd'hui, un samedi ?

— J'imagine qu'il s'agit de lui. Tout le commissariat de Salon n'est pas à la solde des Mancini… enfin, je l'espère.

La policière s'accorda un temps de réflexion. Cette entrevue inopinée durant un week-end ne pouvait signifier qu'une chose : Bercacci n'aurait dérangé le mafieux que pour lui apporter une bonne nouvelle. Et la seule bonne nouvelle qu'il pouvait lui annoncer était la présence du parchemin chez les Charmette. Margot devait prévenir Lebrun pour qu'il y envoie une équipe de protection, si ce n'était pas trop tard ! Elle saisit son téléphone et le fixa, frustrée.

— Il n'y a pas de réseau dans le coin, confirma Sophia. Il faut faire plusieurs kilomètres pour en trouver.

— Zoé, je dois retourner en urgence à Salon, déclara Margot en se dirigeant vers la porte. Les Mancini vont peut-être tenter un coup chez les propriétaires de la savonnerie. Je n'ai pas le temps de faire un détour pour vous déposer à votre voiture.

— C'est pas un problème ! Lâchez-moi quelque part en périphérie de la ville, la rassura Zoé en se levant à son tour. Je demanderai à des amis de me récupérer.

37.

Intrusion – 16 mai

La nuit était tombée et le silence avait envahi le jardin. Assis sur la margelle d'un vieux puits, Jean-Louis Charmette regardait rougeoyer le bout de son cigarillo. Le stress des événements de la semaine s'abattait sur ses épaules. Même s'il n'avait croisé que deux ou trois fois Matthias Venasque, la mort du jeune homme l'avait profondément marqué. Il avait continué à mener ses affaires tambour battant pour occuper son esprit.

Cet après-midi, une question avait tourné en boucle : que recelait donc le parchemin original de Nostradamus ? Simple recette de confiture ou oracle qui allait exciter ses multiples adeptes ? Cependant, quelle que soit la réponse, tant que l'assassin de Matthias n'était pas sous les verrous, la collection Douce France lancée avec Cha Ye-jin ne verrait pas le jour. Cela les forcerait sans doute à se séparer de quelques-uns de leurs employés et ça, ils ne le voulaient pas.

Après le déjeuner, Irène s'était précipitée chez Aristide Domazan. Jean-Louis adorait l'énergie de sa femme, même si elle avait parfois du mal à la gérer. Son enthousiasme leur permettait de renverser des montagnes. Irène n'avait cependant pas trouvé le savant misanthrope chez lui. Elle avait donc laissé une copie du manuscrit sous son bac à fleurs. Ils avaient gardé l'original dans leur bureau, pas question d'abîmer une telle pièce. Jean-Louis tira une dernière bouffée de son cigarillo, adressa un salut amical à la Voie lactée qui émergeait dans le ciel provençal et s'apprêta à rentrer dans la maison. Le bruit d'un moteur l'arrêta. Ils habitaient au bout d'une impasse, au milieu des oliviers et de la garrigue. François dormait chez des copains à Aix-en-Provence et les visites imprévues, surtout aussi tardives, étaient vraiment rares.

— Chérie, lança-t-il à sa femme, tu attends quelqu'un à cette heure-ci ?

— Oui, mon amant !

— Mais sérieusement ?

— Non, pas à ma connaissance. À moins qu'Aristide soit descendu de sa montagne pour nous apporter la traduction du parchemin ?

— Tu ne m'avais pas dit qu'il n'utilisait qu'un Solex ?

— Ah oui, un Solex de 1966 dont il est très fier. Il a peut-être trouvé une bonne âme pour le conduire ici.

— À plus de vingt et une heures ?

— Alors ça doit être quelqu'un qui s'est perdu, comme d'habitude. Allez, rentre m'aider à terminer le rangement des bouquins.

Jean-Louis écrasa son mégot dans un cendrier en pierre posé sous l'auvent de la terrasse et pénétra dans la cuisine. Ils avaient classé les livres avec soin : une partie d'entre eux remplaceraient ceux qui avaient été vandalisés et ils donneraient les autres à la municipalité. Certains ouvrages sur la géographie et l'histoire de la région intéresseraient sans doute quelques spécialistes locaux.

Le carillon de la sonnette rompit le calme de la maison.

— J'y vais, annonça Jean-Louis en se rendant vers l'entrée.

Curieuse, Irène le suivit. Son mari avait à peine déverrouillé la porte qu'il la prit violemment dans le visage. Un individu masqué l'avait ouverte d'un coup d'épaule. Ce dernier attrapa Irène par le bras et la tira sans ménagement vers le salon. Un comparse, cagoulé lui aussi, se saisit de Jean-Louis, encore à moitié groggy.

— Ferme le rideau, ordonna celui qui semblait être le chef et qui portait une veste de cuir.

Trop choquée pour se révolter, Irène actionna le volet roulant de la baie vitrée. Plus personne ne pouvait les voir. Comme Jean-Louis se relevait en frottant sa joue tuméfiée, le second homme, vêtu d'un bomber kaki, sortit un pistolet de sa poche.

— Allez, on s'assied sur le canapé et on n'essaie pas de jouer au plus malin. Avec nous, ça se paye cash.

— OK, on ne fera rien de stupide, l'amadoua Jean-Louis qui n'en menait pas large. Mais si vous cherchez de l'argent ou des bijoux, vous allez malheureusement être déçus.

— Ils disent tous ça avant qu'on commence à discuter sérieusement, ricana l'homme au bomber. Mais aujourd'hui, on s'en tape du pognon.

— Alors pourquoi vous débarquez chez nous comme des sauvages ? demanda Irène qui reprenait doucement du poil de la bête.

— Elle se calme, la gonzesse ! Je déteste qu'une femme me parle sur ce ton.

— Eh bien, il faudra vous y faire, rétorqua-t-elle avec colère avant que son mari pose la main sur son avant-bras dans un geste d'apaisement.

Ils ne se trouvaient pas en position de force.

Le blouson de cuir retint la gifle qui allait partir. Ne pas pousser tout de suite sa victime à bout. Ils avaient toute la nuit pour arriver à leurs fins.

38.

Menaces – 16 mai

— On veut juste un petit truc et on repart comme on est venus. C'est tout simple, vous nous donnez ce qu'on cherche et *pfft*… on disparaît.

— Vous pouvez préciser ce que vous recherchez ? lui demanda Jean-Louis.

— Un très vieux truc, mais un très vieux truc spécial.

— Comment ça ?

— Allez, joue pas au plus fin avec moi ! Tu sais très bien de quoi je parle.

— Non, dites-le-nous clairement. Je pense que vous êtes pressés.

— Ce que le guide de ton musée de pacotille n'a pas réussi à nous procurer.

Une onde glaciale parcourut le dos des Charmette. Ils n'avaient pas affaire à de vulgaires cambrioleurs. Un de ceux qui les menaçaient était sans doute l'assassin de Matthias. Ils faisaient face à des tueurs !

— J'espère que vous serez plus efficaces que votre employé. On n'aimerait pas priver les salariés de Garlaban de leurs patrons. Après tout, vous ne nous avez rien fait.

Irène réfléchit à toute vitesse à la manière de gérer cette situation. S'ils leur donnaient le parchemin, ils sauvaient leur vie. Cependant, ils perdaient sur tous les autres fronts ; le meurtrier de Matthias disparaissait définitivement et par conséquent le projet Douce France tombait à l'eau. Elle se lança en réprimant un tremblement.

— C'est vous qui avez poignardé Matthias ?

Surpris par la question, l'homme s'accorda quelques secondes. Puis il porta la main à l'intérieur de sa veste, en sortit un couteau de combat et l'approcha de sa prisonnière.

— Il ne fait pas bon me contrarier. Venasque ne l'avait pas compris.

Le sang quitta le visage d'Irène et sa respiration s'emballa.

— Elle joue les grandes gueules, mais elle panique vite, la meuf ! s'amusa le bomber.

Jean-Louis se précipita pour aller chercher de l'eau à sa femme. Elle était parfois sujette à des crises d'angoisse. Le bomber le rassit d'une violente bourrade.

— Si je ne lui donne pas à boire, hoqueta Jean-Louis, le souffle coupé, vous risquez d'avoir un cadavre sur les bras alors qu'on n'a même pas commencé à discuter.

Le blouson de cuir, décontenancé par la réaction de ses victimes, accéda à la demande.

— Accompagne-le à la cuisine, qu'il ne lui vienne pas une mauvaise idée. Et passe-moi ton sac à dos. On va s'occuper d'eux.

Cinq minutes plus tard, le couple Charmette, les mains liées par des colliers Rilsan d'électricien, attendait les questions. Personne ne viendrait à leur aide.

— Ça y est, vous avez fini de jouer les marioles ? Ma patience a des limites qui sont vite atteintes… et votre employé en a fait les frais.

— On vous écoute, répondit Jean-Louis qui ne pensait plus qu'à sauver leur peau. Il n'avait aucune envie de faire la une des faits divers dans les pages de *La Provence* ou de *La Marseillaise*.

— Ben voilà, vous devenez coopératifs, on va pouvoir s'entendre. On veut juste un parchemin de Nostradamus. Vous avez deux possibilités. La première, c'est de nous le donner tranquillement et vous pourrez épater vos amis avec vos aventures lors du prochain barbecue. Ça, c'est la version *soft*. Je vous raconte la seconde où ça se passe moins bien ? ajouta le blouson de cuir en glissant la lame sur la gorge de son prisonnier.

— Inutile, déglutit Jean-Louis. Bien sûr qu'on vous le donne !

— Avant ça, intervint Irène, comment savez-vous qu'on détient ce parchemin à la maison ?

Paniqué, Jean-Louis regarda son épouse. Mais qu'est-ce qu'elle avait à les provoquer ? Le chef l'observa en s'amusant. Elle l'agaçait, mais son culot l'impressionnait. Il aimait celles et ceux qui « en avaient ».

— Mon p'tit doigt me l'a dit. Ça te convient ?

Irène haussa les épaules. Puis, résignée, elle s'adressa à son mari.

— Vas-y, Jean-Louis, qu'on en finisse.

— Ben voilà, ricana le bomber. Les ouvriers disent toujours que les patrons sont pas raisonnables. C'est juste qu'ils savent pas les mettre dans de bonnes conditions pour qu'ils acceptent de négocier !

— On a trouvé le document dans la couverture d'un roman, expliqua Jean-Louis. La première édition du *Portrait de Dorian Gray* d'Oscar Wilde, traduit en français en 1895, vous connaissez ?

— Tu recommences à te foutre de ma gueule ?

— Non, je me dis que ça peut intéresser vos donneurs d'ordre.

— Pourquoi, tu penses qu'on ne bosse pas à notre compte ?

— Sur le marché du recel ou de la contrebande, je ne suis pas certain qu'un parchemin de Nostradamus soit facile à refourguer.

— Tu me prends encore une fois la tête, s'énerva le blouson de cuir, et je te dessine un joli sourire à la Joker ! C'est clair ?

— Parfaitement clair, déglutit Jean-Louis, même sans connaître l'ennemi emblématique de Batman. Je vais devoir me lever, le parchemin est rangé dans une pochette posée sur notre bureau.

Un mauvais sourire éclaira le visage des malfrats.

— Je t'accompagne. On leur retire les liens. Sam, tu me surveilles celle-là. Si elle te provoque, je t'autorise à la calmer direct.

Irène regarda son mari partir sous la menace du couteau. Le pistolet automatique pointé sur elle n'était guère plus engageant. Il fallait se rendre à l'évidence, les deux truands ne quitteraient pas la maison sans ce qu'ils cherchaient et ils les tortureraient sans hésitation s'ils le jugeaient nécessaire. Alors inutile d'en rajouter.

— Irène !

La voix inhabituellement haut perchée de Jean-Louis alarma sa femme.

— Qu'est-ce qu'il se passe ?

— Où as-tu rangé le parchemin ?

— Dans la chemise cartonnée. C'est même toi qui en as eu l'idée.

— Sauf qu'elle n'y est pas ! Tu peux venir voir ?

Irène se retourna vers le bomber.

— Je peux ?

— Drago, elle peut ? cria le cambrioleur, soudain dépassé.

— Évidemment qu'elle peut ! Et arrête de m'appeler comme ça, abruti.

Irène se rendit dans la chambre, seulement à moitié inquiète. Elle connaissait la capacité de son mari à égarer ses affaires. Elle espérait juste retrouver rapidement le document. Leurs geôliers ne croiraient jamais qu'ils l'avaient égaré. Et dans les films, on s'acharnait presque toujours sur la femme pour faire parler l'homme.

Le couteau posé sur la gorge de Jean-Louis et le léger filet de sang qui en coulait ôta à Irène toute envie de provocation. Elle fondit sur le dossier et le secoua dans tous les sens :

— Mais nom d'un chien, Jean-Louis, où est-ce que tu l'as rangé ?

— Je pensais l'avoir classé là !

— Tu vois bien qu'il n'y est pas ! Réfléchis !

— Oui, réfléchissez vite, renchérit le blouson de cuir. Qu'est-ce que je vous accorde ? Un doigt par créneau de cinq minutes de réflexion ?

— Attendez ! hurla Irène. On l'a trouvé en début d'après-midi et il n'a pas pu quitter la maison.

— Je te donne cinq minutes pour remettre la main dessus, poupée. Ensuite, je commencerai à découper ton mec en kit. On débutera par l'auriculaire. On peut très bien vivre sans se gratter l'oreille.

39.

Intervention – 16 mai

Zoé Malaterre pensait être habituée à une conduite rapide sur les routes des Alpilles, mais elle s'était accrochée à chaque virage pris à fond par la policière. Le pire moment avait sans doute été celui où Margot avait doublé un camion en téléphonant pour récupérer l'adresse des Charmette. Elle s'était rabattue au dernier moment pour éviter un combi Volkswagen à fleurs qui arrivait en face. Le chauffeur s'était mis dans le fossé pour échapper à la Peugeot 3008 et ses cent-quatre-vingts chevaux.

Margot Garcia avait déposé sa passagère au nord de Salon pour tracer au plus court. Elle n'avait pas réussi à joindre Castagnier et Marivan, partis avec leurs épouses à un concert à Arles. Le capitaine Lebrun, invité à dîner par sa fille à Cassis, n'avait pas trouvé de personnel disponible pour intervenir immédiatement. Un règlement de compte de grande ampleur entre bandes rivales avait mobilisé les forces vives de garde ce soir-là. Il avait quand même pu envoyer à Margot l'adresse et le téléphone des Charmette. La policière les avait appelés, mais personne n'avait répondu. Même si cela ne signifiait rien, elle y vit une raison supplémentaire de faire preuve de prudence.

Margot gara son véhicule à l'entrée du chemin qui menait à la propriété. Elle ouvrit son coffre, s'équipa d'un gilet pare-balles, accrocha une paire de menottes à sa ceinture, puis elle enfila le brassard *Police* qu'elle avait récupéré dans la boîte à gants. Elle parcourut une centaine de mètres à la lueur du ciel étoilé. Devant le portail, trois voitures : une petite citadine poussiéreuse, une Peugeot récemment lavée et une berline allemande rutilante. Elles étaient toutes immatriculées dans les Bouches-du-Rhône. La policière posa la main sur les capots. Celui de la BMW était encore tiède. Peut-être des amis de passage, mais peut-être aussi des hommes de Mancini. Elle sortit son Sig Sauer de son étui, engagea une balle dans le canon et glissa l'arme dans la poche de sa veste. Elle vivait sa première intervention à risque et se trouvait étonnamment calme. Tout ce qu'elle avait appris lui était instantanément revenu en mémoire.

D'une démarche souple, elle entama le tour de la maison. Le volet roulant de la porte-fenêtre avait été baissé, mais de la lumière filtrait à travers les interstices : les occupants étaient bien chez eux. La porte principale était fermée : était-elle verrouillée ? Elle l'emprunterait en ultime recours. Une autre fenêtre occultée puis une suivante, éclairée, les persiennes entrouvertes. Margot s'arrêta, respira trois fois longuement et, courbée, s'en approcha en longeant le mur. Elle se releva légèrement et observa la scène. Quatre silhouettes, dont celles d'Irène Charmette et de son époux. Les deux autres individus étaient cagoulés. Les sbires de Mancini étaient donc arrivés. Le double vitrage l'empêchait d'entendre la discussion, mais les visages paniqués des Charmette et les armes des deux truands en disaient assez. Elle vit la femme crier et l'un des deux hommes forcer son mari à poser la main sur la table. Jean-Louis Charmette avait beau se débattre, son adversaire était plus fort. Pas besoin d'un dessin pour comprendre qu'il allait lui couper des doigts. Le second pointait un pistolet vers Irène pour lui interdire de bouger.

Margot se décida en une fraction de seconde. Intervenir tout de suite. D'abord neutraliser celui qui tenait l'arme à feu, c'était le plus dangereux. Puis se tourner vers l'homme au poignard. Elle n'avait pas le temps de lancer la fameuse phrase de sommation « Police, lâchez votre arme ! », elle finirait dans son sang avant d'avoir terminé de la prononcer. Le couteau n'était plus qu'à quelques centimètres de la main de sa victime, il n'y avait plus un instant à perdre ! Elle se redressa complètement, visa et logea une balle dans la jambe du bomber. Il s'effondra alors que les trois autres regards se tournaient vers l'apparition. La vitre avait explosé. Dans un réflexe d'une rapidité inattendue, le second truand se projeta vers elle, la lame pointée en avant. Margot hésita à faire feu. Il se présentait de face, donc elle allait le toucher en pleine poitrine et risquait de le tuer. Pas le choix, et tant pis pour les conséquences ! Tandis qu'elle allait appuyer sur la détente, l'agresseur partit en vol plané et se cogna violemment la tête contre le mur. Moins de cinq secondes s'étaient déroulées depuis son tir.

— Ramassez le pistolet ! cria-t-elle.

Irène se jeta sur l'arme. Son ancien propriétaire, lui, se roulait par terre en tenant sa jambe ensanglantée. Jean-Louis se précipita vers la fenêtre et l'ouvrit. Margot pénétra dans la chambre et s'approcha de l'homme au poignard qui était toujours groggy. Elle le frappa d'un coup sec à la nuque et se dirigea vers le blessé. Elle lui passa une paire de menottes avant d'observer sa plaie.

— C'est une chochotte, annonça-t-elle au couple qui ne s'était pas encore remis de son intervention. La balle a juste enlevé un bout de viande. Aucun risque d'hémorragie, même si ça l'impressionne. Allez chercher de l'alcool et appliquez-en une bonne dose. Ça le ramènera sur terre. J'appelle les secours.

— Bien, lâcha Irène qui sortait de son état de sidération.

— Vous avez de la cordelette ? continua Margot.

— Non, mais ils sont venus avec un sac et des colliers d'électricien.

— Rapportez-le en même temps que l'alcool. On verra ensuite à quoi ressemblent ces messieurs !

Une fois les truands attachés, Margot retira les cagoules. Le visage du bomber ne lui parlait pas. Elle le photographia, il était forcément fiché chez eux. Puis elle découvrit l'homme au blouson de cuir et au couteau. C'est sans surprise qu'elle reconnut l'agresseur.

— Vous avez sous les yeux Drago Pantelic, un des lieutenants de Pietro Mancini.

— Mancini ? s'étonna Jean-Louis. Je connais un Fabio Mancini, entrepreneur de travaux publics.

— Et l'un des principaux parrains des Bouches-du-Rhône.

— Ben ça alors ! On participait à une conférence commune sur le management social le mois dernier.

— Je ne doute pas que M. Mancini ait d'excellentes relations.

— Mais par quel miracle êtes-vous intervenue, Margot ? demanda Irène qui reprenait peu à peu des couleurs. Vous nous avez sauvé la vie !

— Je m'en serais voulu d'arriver trop tard. J'ai rencontré la copine de Matthias Venasque, et de fil en aiguille j'ai compris que les Mancini iraient récupérer le parchemin à la source, c'est-à-dire chez vous. D'ailleurs, l'avez-vous trouvé ?

— Oui, en début d'après-midi.

— Et où est-il ?

— Voilà une bonne question qui a failli coûter ses doigts à mon cher et tendre époux.

— Je l'avais posé sur mon bureau, dans une pochette, se défendit Jean-Louis. À moins que…

Il se mit à quatre pattes, lança plusieurs fois son bras sous son lit et poussa un cri de victoire en ramenant l'antique document.

— Qu'est-ce qu'il faisait là ? s'étonna Irène.

— Tu te souviens, il y a trois ans, quand je ne retrouvais plus la feuille d'imposition ? Un courant d'air l'avait envoyée sous le lit. Ça m'est revenu à l'instant.

Au loin, des sirènes trouèrent le noir de la nuit.

— Mes collègues vont embarquer ces racailles. De votre côté, vous allez me raconter exactement ce qui s'est passé. Ces deux-là étaient forcément en service commandé. On va coincer ceux qui ont commandité l'assassinat de Matthias Venasque… et cette descente chez vous.

Le couple frissonna de concert. C'est dans les heures à venir qu'ils se rendraient compte de ce à quoi ils avaient échappé.

— Au fait, Pantelic ? demanda Margot à Jean-Louis Charmette qui s'apprêtait à aller ouvrir aux policiers arrivés en renfort. Il s'est pris les pieds dans le tapis ?

— Euh… non. J'ai eu le réflexe de tendre la jambe. La chance a voulu que sa tête aille tutoyer le mur. Du calcaire, c'est plus solide qu'un crâne.

40.
La traduction – dimanche 17 mai

Les Charmette étaient montés à bord de la 3008 du lieutenant Garcia pour se rendre chez Aristide Domazan. Irène avait ouvert la vitre arrière. La conduite engagée de la policière combinée à sa nuit blanche avait réduit la capacité de son estomac à subir les décélérations et accélérations à chaque virage. Mais ils pénétraient enfin dans le village, et l'ancien bibliothécaire n'habitait plus qu'à un kilomètre. Elle lâcha un discret soupir de soulagement quand le moteur s'arrêta.

Elle avait réussi à joindre le patron du café-restaurant qui se souvenait bien d'elle. Il avait accepté d'aller prévenir l'ours des Alpilles, peut-être en souvenir de la confortable note qu'il lui avait présentée lors de leur précédent dîner et que Domazan avait réglée en laissant un généreux pourboire.

Aristide Domazan s'était endimanché pour les accueillir. Il tiqua en voyant arriver trois personnes, mais un rapide examen de ses invités sembla le satisfaire. Après les politesses d'usage, il les installa autour d'une table de jardin et partit récupérer dans sa cuisine une cafetière pleine d'un nectar qu'il achetait directement à un revendeur milanais.

— Comme c'est dimanche, je me suis permis d'ajouter une assiette de navettes.

— Parce que vous pâtissez, Aristide ? le félicita Irène.

— Hélas, je n'ai pas ce don. Non, le dimanche, c'est Aurélie, la femme du boulanger, qui en fabrique. Alors je lui en ai pris quelques-unes.

Décidément, la réintégration de l'ours dans la vie communautaire se déroulait à grande vitesse. Irène attendit que le café soit servi et les gâteaux dégustés avant d'entrer dans le vif du sujet.

— Dites-nous tout, Aristide. Quel secret Nostradamus nous a-t-il confié dans cet ultime testament ?

Domazan laissa s'écouler quelques secondes, profitant du fameux quart d'heure de célébrité cher à Andy Warhol. Puis, d'un ton professoral, il entama son explication :

— Il faudrait que je dispose du parchemin original pour confirmer qu'il s'agit d'un document d'époque, mais j'ai peu de doutes là-dessus. D'abord, j'ai comparé la calligraphie à des textes écrits par le grand homme. C'est la même. Ce parchemin est bien de la main de Michel de Nostredame.

— Jules Soubeyran, votre prédécesseur, n'a donc pas mené son monde en bateau.

— Tout à fait. Parlons de la traduction, continua Domazan même s'il savait que ses interlocuteurs n'attendaient que des informations sur le contenu du texte. Il s'agit d'un latin classique du XVIe siècle que je n'ai eu aucun mal à décrypter. Reconnaissons que l'état de conservation du parchemin est excellent, ce qui en a facilité la lecture. Je n'ai pas eu à passer par l'étape de déchiffrement. De fait, annonça-t-il en sortant deux feuillets d'une pochette, voici ce que ça donne en français.

Ses trois invités étaient maintenant pendus à ses lèvres avec un égal intérêt.

— Ce texte est une copie, réalisée par lui-même, d'un message adressé en 1564 à la souveraine Catherine de Médicis. Souvenez-vous qu'il venait d'être nommé médecin du roi par la Florentine.

— Et quel secret lui envoie-t-il ? ne put s'empêcher d'enchaîner Jean-Louis.

— Ah, ah, vous êtes curieux, et c'est bien. Quel secret ? Procédons par élimination : ce n'est pas une prédiction. Il avait promis à Charles IX qu'il vivrait jusqu'à quatre-vingt-dix ans alors que le pauvre roi est mort d'une pleurésie à vingt-trois ans. Non, pas une nouvelle prophétie !

— Une recette de confiture ? tenta Irène.

— La reine mère était sans doute gourmande, mais de là à réclamer une recette en grand mystère…

— Mais alors, de quoi s'agit-il ? insista Margot que l'emphase de l'ancien bibliothécaire commençait à agacer.

— J'y arrive, j'y arrive… Catherine de Médicis avait commandé à Nostradamus un onguent pour soulager sa fille Marguerite.

— La reine Margot ?

— Tout à fait, chère madame. La jeune Marguerite de Valois avait des problèmes de peau. Quand on lit la description et le diagnostic de Nostradamus, on peut dire, sans être praticien, qu'elle souffrait de poussées d'acné.

— La fameuse formule qui a coûté la vie à Matthias serait donc seulement une recette contre l'acné, soupira

Jean-Louis. Puis-je regarder les bases qu'il a utilisées ? J'ai des connaissances en pharmacopée.

— Évidemment, acquiesça Domazan en lui confiant un feuillet.

Le maître savonnier chaussa des lunettes et parcourut la page.

— Alors ? lui demanda Irène.

— Rien que des produits naturels… mais les crèmes actuellement sur le marché sont bien plus efficaces. Disons que ça aura au moins servi à nettoyer la peau de la jeune princesse, ajouta-t-il avec un demi-sourire.

— Et si les Mancini s'en étaient emparés, qu'en auraient-ils fait ? questionna la policière.

— Eux ? Rien du tout ! affirma Jean-Louis. Ils agissaient forcément pour un commanditaire ! Et de là à penser que tout se soit tramé en Corée pour porter préjudice à Cha Ye-jin…

— Ce qu'on ne saura jamais, n'est-ce pas ?

— Il faudrait que les Mancini parlent, mais ils ont toutes les raisons de se taire.

— Comment vous remercier pour votre contribution majeure, Aristide ? reprit Irène en flattant l'expert. Acceptez-vous que nous citions votre nom lorsque nous révélerons l'existence de ce parchemin ?

— Collaborer avec vous a été un réel plaisir. Si vous souhaitez valoriser votre découverte, je vous accorde l'autorisation de mentionner mon nom, pontifia-t-il sans remarquer les yeux de Margot levés au ciel.

41.

La petite surprise – 17 mai

Sur le chemin du retour, les Charmette avaient invité Margot Garcia à dîner. La policière n'avait pas hésité longtemps. Elle n'avait rien prévu pour la soirée et la perspective d'un barbecue en bonne compagnie avait retenu son attention.

Ils s'étaient directement installés sous le platane et François les avait rejoints. La discussion avait évidemment gravité autour du mystère tout juste résolu.

— Qu'est-ce qu'on va faire de cette formule ? les interrogea François. Parce qu'elle vous appartient, n'est-ce pas ?

— Je ne sais pas trop ce que dit la loi au sujet de ce genre de « trésor », reconnut Jean-Louis en se tournant vers Margot.

— Je n'en ai aucune idée. Je suis malheureusement plus habituée à saisir de la cocaïne ou du cannabis que des parchemins du XVIe siècle.

— De toute façon, cette recette contre l'acné n'a qu'une efficacité très réduite. Le commanditaire coréen des Mancini, pour peu qu'il soit coréen, aurait perdu son argent.

— Détrompe-toi, papa ! le stoppa François.

— Et pourquoi donc ?

— Nostradamus est un dieu vivant chez eux. En France, il traîne une réputation sulfureuse avec ses prophéties, mais pas en Asie. Des Coréens et des Japonais viennent à Salon uniquement pour se recueillir sur sa tombe !

— Mais où as-tu appris ça ?

— J'ai mes sources. Enfin bref, tout ça pour dire que même si la formule n'est pas au top de la recherche dermatologique, elle n'en a pas moins une valeur importante. Tiens, imagine que tu proposes des savonnettes dans un joli coffret avec une copie du parchemin original : je suis sûr qu'on ferait un carton avec ça ! Et ce ne serait pas le premier produit sans grande efficacité à connaître du succès. Regarde tous les kits de régime minceur qui coûtent une blinde et qui se vendent comme des petits pains !

— Tu as peut-être raison, le coupa Irène, mais pas question d'exploiter une formule à l'origine de la mort de Matthias. On prendra rendez-vous avec le conservateur du musée Nostradamus la semaine prochaine et on lui donnera ce document. Il saura certainement l'utiliser pour mettre Salon en valeur.

— Eh bien, je n'insiste pas. Mais vous ne pourrez pas dire que vos enfants n'ont pas de bonnes idées pour développer l'entreprise familiale.

— Je ne le dirai pas, s'amusa son père. Par contre, j'ai un service à te demander. Pourrais-tu rapporter une bouteille de gaz du garage ? Je crois que celle du barbecue est presque vide.

— Ton petit dos fragile te fait toujours souffrir, mon pauvre papounet ?

Un peu gêné, Jean-Louis remarqua le sourire malicieux de Margot et ne répondit pas.

— C'est quoi ces trucs sur l'établi ? lança François.

La voix qui sortait de l'appentis coupa l'habituel débat philosophique au sujet des grillades : plutôt merguez ou chipolatas ?

— Tu peux être un chouïa plus précis ? réagit Jean-Louis.

— Des espèces de statuettes !

— Ah, c'est une surprise que je vous préparais. Une idée qui m'est venue pendant le sermon de la messe des Rameaux.

— Ah, ben bravo ! Et l'Esprit-Saint t'a inspiré, au moins ?

— Tu te moques, mais tu verras qu'il a été efficace quand je vous aurai dévoilé mon œuvre, conclut Jean-Louis en se levant.

Il revint deux minutes plus tard et apporta sur la table quelques moules métalliques ainsi qu'une barre de savon. Il sortit une figurine d'une dizaine de centimètres de sa poche et la déposa religieusement entre la tapenade et les olives vertes cassées.

— Et voilà ! annonça-t-il fièrement.

— Qu'est-ce que c'est censé être ? demanda Irène en fronçant les sourcils.

— Je peux ? le sollicita Margot en attrapant la statuette et en l'observant de près. Ça pourrait éventuellement ressembler à une représentation de la Vierge.

— Exactement ! s'enthousiasma Jean-Louis. Il reste quelques petits détails à optimiser, mais j'ai décidé de créer une crèche de Noël avec des santons en savon !

— C'est top ! Papa, tu es un visionnaire.

— Merci, mon garçon.

— Et tu as prévu combien de personnages ? l'interrogea Irène, surprise par le projet de son mari.

— Pas de quoi réaliser une crèche provençale complète, bien sûr. Mais j'ai déjà lancé Marie et Joseph, l'Enfant Jésus, l'âne, le bœuf, un berger, un mouton et une lavandière. Qu'en dites-vous ?

— Pas mal, en effet, reconnut sa femme. Mais une fois Noël passé, qu'est-ce que les gens vont faire de tous ces santons ?

— C'est là que le concept est génial ! Soit tu les gardes pour l'année suivante, soit tu les utilises pour ta toilette ! Une crèche de Noël écoresponsable ! Et puis prendre sa douche avec une lavandière, ça peut être agréable, non ? Surtout si elle sent la lavande…

— Mon pauvre papa, soupira François, tu es irrécupérable.

Jean-Louis ne releva pas le commentaire et continua :

— Et notre discussion de tout à l'heure m'a donné une idée des plus originales. Devinez laquelle ?

Comme Irène et François attendaient avec une certaine inquiétude la nouvelle trouvaille paternelle, Margot tenta :

— Un santon Nostradamus ?

Le créateur du soir marqua un temps d'arrêt.

— Comment avez-vous deviné ? Vous allez voir, on va cartonner en Asie avec notre mage provençal !

42.

Mise en examen – mercredi 20 mai

Le lieutenant Margot Garcia et le capitaine Éric Lebrun pénétrèrent dans l'antre du commissaire André Mazure. Assis derrière un bureau Directoire de style anglais qu'il s'était offert dix ans plus tôt, il les invita à prendre place dans de confortables sièges en cuir.

— Capitaine, lieutenant, je tiens d'abord à vous féliciter pour la qualité du travail accompli et la rapidité avec laquelle vous avez élucidé cet homicide.

— Pour être honnête, précisa Lebrun, une bonne partie du mérite revient au lieutenant Garcia.

— Le support du capitaine Lebrun m'a été précieux, renchérit Margot.

— Je vois que vous formez une équipe soudée, ce que j'apprécie beaucoup. Grâce à votre détermination, nous avons réussi à mettre sous les verrous l'assassin de Matthias Venasque.

— Il a fini par reconnaître les faits ?

— Pas encore, mais le juge dispose d'assez d'éléments pour lui offrir un séjour de longue durée aux Baumettes. La séquestration violente des Charmette, le témoignage des deux époux qui l'ont entendu se vanter du meurtre de Venasque, la tentative de meurtre sur le lieutenant Garcia ainsi que la forme de la blessure de Matthias Venasque qui colle parfaitement à celle de la lame du poignard qu'il détenait samedi soir.

— Par ailleurs, ajouta Lebrun, Castagnier vient de me dire que son véhicule avait été repéré à deux rues du musée Garlaban la nuit du crime. Même le meilleur avocat des Mancini ne le tirera pas d'affaire.

— C'est une très bonne nouvelle, se réjouit Margot. Par contre, a-t-il mis en cause les Mancini, monsieur le commissaire ?

— Non, bien évidemment. Même s'il les a loyalement servis pendant des années, il signerait son arrêt de mort en le faisant, et il le sait. Il reste donc muet. C'est le moyen idéal pour ne pas trahir, mais ça lui vaudra un aller simple vers une cellule.

— On ne dispose donc d'aucune preuve contre les deux mafieux ?

— Les témoignages des deux jeunes femmes, Sophia Samaras et Zoé Malaterre, seraient vite écartés par la défense des Mancini. La première est une employée et la seconde la fille de la maîtresse du frère aîné. En plus, les risques qu'elles prendraient seraient bien trop importants en regard du bénéfice que l'on en tirerait.

— Ils ont tué un innocent et, une fois de plus, ils vont s'en sortir ! se révolta Margot à l'idée de l'impunité des gros bonnets. Et Bercacci, c'est pareil ? Il va s'en tirer comme une fleur, lui aussi ?

— J'ai longuement discuté de son cas avec le juge d'instruction. Il a accepté que l'on enquête sur lui.

— Vous avez mis l'IGPN sur le coup ?

— Exact, et le ministère de l'Intérieur nous a affecté des moyens prioritaires. Des spécialistes de Marseille ont fouillé sa messagerie et ses comptes. Niveau communication informatique, pas d'échanges compromettants. Il utilise sans doute le Darknet. En revanche, ils ont découvert un compte aux îles Caïmans. On l'a convoqué ce matin. Il ne s'est pas dégonflé et a reconnu que c'était le sien. Sa mère y verserait illégalement de l'argent pour contourner l'administration fiscale française.

— Mais c'est du grand n'importe quoi !

— Évidemment. On a contacté Anne Bercacci qui, bien sûr, n'était pas joignable. Quand elle nous a enfin rappelés, elle avait eu le temps de préparer son petit numéro. Elle a confirmé la version de son fils, tout en faisant amende honorable et blablabla…

— Alors c'est fichu, se désespéra Margot.

— Non, on lui a mis d'autres éléments sous le nez prouvant qu'il entretenait des relations étroites avec les Mancini. Je discutais avec un sous-directeur de la police juste avant de vous recevoir. Il a décidé d'éloigner géographiquement Bercacci le plus loin possible de la tentation et de la protection de ses parents. Il sera muté à Quimper dès la semaine prochaine.

— La Bretagne devient à la mode, sourit Lebrun. Une promotion ?

— Une promotion avec blâme. Je reconnais qu'il s'en tire trop bien, mais je n'ai pas pu faire mieux avec ce dont nous disposions.

— C'est déjà ça, admit Margot, même si je trouve la sanction beaucoup trop clémente pour un type comme lui qui salit notre image. Et ce n'est pas un cadeau que l'on fait à nos collègues bretons.

— C'est vrai, mais j'ai préféré faire le ménage tout de suite.

— J'espère qu'ils lui en feront baver là-bas.

— Deux dossiers l'accompagneront, l'officiel et l'officieux. Si la Bretagne est célèbre pour ses stations balnéaires, je peux vous assurer que Bercacci ne met pas les pieds au club Mickey. Je connais l'officier qui s'occupera de lui ; c'est la commandante Mary Lester. Je vous promets qu'elle va le dresser.

— Et les Mancini ? Vous n'avez pas réussi à leur coller quelque chose sur le dos ?

— Tant que Drago Pantelic se tait, ce sera difficile, confirma le commissaire. Et il ne parlera jamais…

— Donc, on ne fait rien ?

— Si. Suite à votre demande, on a pu sortir Sophia Samaras de sa clandestinité.

— Comment ça ?

— Il faut que je revienne à Paul Bercacci. Sa mutation en Bretagne ne s'est pas déroulée sans douleur pour sa famille et lui. D'abord, on a vidé l'argent de son compte aux Caïmans pour le reverser aux impôts ; après tout, c'étaient des sommes détournées illégalement. Ensuite, à ma demande, son père a accepté de plaider la cause de Sophia Samaras auprès des Mancini. Il avait compris la précarité de la situation de son fils.

— Les Mancini ont bien voulu négocier avec le père de Bercacci ? C'était admettre indirectement qu'ils étaient impliqués dans le meurtre.

— C'est un jeu de dupes, lieutenant. Les Mancini savent que nous les soupçonnons et que nous n'avons rien pour le moment. En rendant sa liberté à Sophia Samaras, ils font un geste. Ils lui ont aussi remis sa dette.

Ça ne les protégera pas si nous trouvons des preuves contre eux, mais ils montrent, disons… un certain niveau de coopération.

Margot regarda successivement ses deux chefs et hocha la tête.

— Finalement, on a arrêté le meurtrier et Matthias a gagné son pari *a posteriori* : il a sorti Sophia de l'enfer qui lui était promis. Et Benryad ?

— Des gens lui ont passé un message musclé stipulant l'interdiction formelle de toucher à la gamine. Il en a clairement saisi la teneur. Elle est donc libre.

43.

Aveu coréen – 6 juin

Si aucun des muscles du visage de Cha Ye-jin ne se contractait, la Coréenne fulminait en considérant l'homme à genoux devant elle. Sa fureur contenue s'exerçait contre cet employé qui l'avait trompée, mais aussi contre elle-même qui se targuait de savoir jauger ses semblables. Elle s'était lamentablement plantée ! En huit ans, elle avait élevé Lee Jae-won au sommet de sa société, au rang de responsable marketing. Elle avait tout de suite repéré le talent exceptionnel de ce jeune diplômé. Lee Jae-won avait toujours répondu aux espoirs placés en lui... jusqu'au coup de poignard qu'il lui avait porté.

Lee Jae-won n'avait pas dit un mot. Sa directrice avait droit de vie ou de mort professionnelle sur lui, ce qui équivaudrait à une exécution sociale. Il reconnaissait son égarement, mais le temps n'était pas aux regrets. Assumer son choix, c'est tout ce qui lui restait pour ne pas décevoir encore plus sa mentore, presque son Pygmalion !

Le silence s'installa dans le bureau, pesant, glacial. Ils connaissaient tous les deux la sentence : un pardon, même partiel, serait considéré comme un aveu de faiblesse qui ébranlerait l'image de Cha Ye-jin et celle de sa société. Inenvisageable !

— Deux solutions s'offrent à moi, Jae-won. Te renvoyer ou te renvoyer et te livrer à la police. Que ferais-tu à ma place ?

— Je choisirais l'option la plus douloureuse. Et elle ne le sera jamais assez pour ce que j'ai fait.

— Je ne te demande pas d'excuses, car elles ne changeront rien, commenta la femme qui retrouvait son calme. Cependant, je souhaite comprendre pourquoi un garçon à qui j'accordais toute ma confiance est parti renseigner en secret mon concurrent le plus agressif. Tu savais parfaitement que nos relations avec Yoon Ji-ho, le patron de Lune de Miel, sont disharmonieuses. Yoon est un charognard sans foi ni loi !

Comme Lee Jae-won ne répondait pas, les yeux toujours fixés sur la moquette, elle poursuivit :

— Tu me dois au moins la vérité, Jae-won. Relève-toi, je veux juste des faits.

L'homme se redressa et, dans un garde-à-vous immobile, attaqua :

— Il y a neuf mois, j'ai rencontré une femme. Dès la première seconde, je suis tombé sous son charme. J'ai abandonné toute volonté pour contenter ses désirs. Soirées dans des lieux à la mode, cadeaux luxueux, j'en avais les moyens. Un soir, elle m'a convaincu de l'accompagner dans une soirée très privée. Je t'épargne les détails, si ce n'est qu'en une nuit, j'ai tout perdu.

— Tout perdu en une seule nuit ? s'étonna Cha Ye-jin. Comment ça ?

— Au petit matin, nous avons quitté ensemble l'appartement qui accueillait cette fête. Deux hommes nous attendaient au pied de l'immeuble. Sans un mot, ma sorcière m'a posé un baiser sur la joue, puis elle est montée dans leur voiture. Elle a disparu au coin de la rue, je ne l'ai jamais revue.

— Pourquoi t'a-t-elle si soudainement quitté ?

— Sur le coup, je n'ai pas compris ce qui se passait. J'étais encore sous le charme. Enfin, je n'y suis pas resté longtemps, puisque dans l'heure qui suivait, j'ai reçu un appel de M. Yoon qui me proposait une « coopération ».

— Pourquoi as-tu accepté, Jae-won ?

— Yoon Ji-ho disposait d'un argument de poids pour me convaincre. Il détenait une vidéo où on me voit sniffer une ligne de coke. Il venait de me l'envoyer.

Cha Ye-jin ne répondit rien. Une telle vidéo transmise à la police et aux médias aurait définitivement détruit la réputation de Lee Jae-won… et égratigné celle de la société de sa directrice par ricochet.

— J'ai alors compris que la femme qui m'avait ensorcelé avait été jetée dans mes bras par M. Yoon. Je n'avais pas le choix. Le soir même, je me suis rendu à sa convocation.

La colère de Cha Ye-jin était retombée. Elle écoutait sans état d'âme le récit d'une chute annoncée.

— Il m'a reçu avec tous les honneurs, ce qui m'a encore plus humilié que s'il m'avait traité comme un larbin de bas étage. Il ferait disparaître la vidéo à condition que je le renseigne sur tes activités pendant une année.

— Parce que tu croyais vraiment qu'il t'aurait rendu ta liberté ensuite ?

— Je n'étais pas en état de penser et je n'avais aucune envie de goûter à l'hospitalité des prisons coréennes.

Travailler avec toi m'avait habitué à un certain niveau de confort.

Cha Ye-jin ressentit un petit pincement au cœur à l'évocation du « avec toi ».

— J'ai vécu un enfer au cours de ces six derniers mois, continua-t-il.

— Je n'ai rien vu. Tu as des dons d'acteur qui m'ont trompée.

Lee Jae-won ne réagit pas à la pique. Que pouvait-il dire ?

— J'ai donc annoncé à M. Yoon la préparation de la collection Douce France avec la savonnerie Garlaban de Salon. Je lui ai fourni la liste de tous les produits que tu développais avec les Charmette. Il a pris peur, persuadé que ce projet connaîtrait un triomphe en Corée et à Taïwan. À grands frais, il a engagé des consultants coréens, français et américains pour mener une contre-attaque.

— Et tout ce qu'ils en ont sorti, c'est d'organiser un meurtre dans les locaux du musée de Garlaban pour dénigrer ma nouvelle gamme Douce France ?

— Non, ce n'était qu'un dommage collatéral. Les conseillers spéciaux de M. Yoon ont découvert, je ne sais pas comment, l'existence d'une formule de beauté originale élaborée par Nostradamus. Et cette recette aurait été détenue par tes amis Charmette.

Cha Ye-jin comprit alors la stratégie de Yoon Ji-ho. Nostradamus bénéficiait d'une importante cote dans son pays et en Asie du Nord-Est. Les Coréens avaient fréquemment recours aux arts divinatoires ! Disposer de cette formule originale d'un des plus célèbres mages et la mettre en œuvre, quitte à en modifier discrètement quelques ingrédients, aurait conduit à un succès indéniable.

— M. Yoon me méprisait, continua Lee, mais il avait besoin de moi. Il s'était engagé dans une course-poursuite contre notre… enfin… contre ta gamme Douce France. Quand le parchemin a été localisé, il a pris contact avec des mafieux provençaux pour récupérer le document.

— Et ensuite ?

— M. Yoon était complètement excité. À la surprise de son conseil d'administration, il avait déjà largement investi dans l'agrandissement de certaines de ses usines. Seul un cercle très proche connaissait la raison de cette expansion. Quand il a appris la mort du jeune Français lors de la tentative de cambriolage, il est devenu fou de rage. Il m'a même accusé de t'avoir prévenue, ce qui n'avait pas de sens. Mais un de ses conseillers lui a suggéré d'utiliser ce meurtre pour mener une campagne de diffamation contre la savonnerie Garlaban, et donc contre ta gamme Douce France. Ça l'a calmé un temps.

— J'aurais effectivement abandonné le projet si le crime n'avait pas été résolu. Je me doutais que mes concurrents, M. Yoon ou un autre, en auraient profité pour me calomnier… mais je ne pensais pas que tu trempais dans cette campagne.

Le soupir ravalé de Cha Ye-jin affecta Lee Jae-won bien plus efficacement que n'importe quelle insulte ou volée de coups. Son cœur lui ordonnait de se jeter à ses pieds pour lui demander pardon, mais son esprit le retenait. Il n'aurait pas supporté de se faire rejeter par celle qu'il avait considérée comme sa mère, sa sœur et sa plus fidèle amie. Il ne bougea donc pas et continua :

— M. Yoon avait repris confiance. Jusqu'au 17 mai, jusqu'à ce qu'il apprenne l'arrestation du tueur en Provence ! Non seulement le crime ne pouvait plus être imputé aux savonniers de Garlaban, mais toute chance de mettre la main sur le parchemin de Nostradamus avait disparu. Sais-tu s'il a été retrouvé et ce qu'il contenait ?

— Oui, répondit simplement Cha Ye-jin.

Lee Jae-won se rendit compte de l'impolitesse de sa question et n'insista pas.

— Quand M. Yoon a compris que son projet tombait à l'eau, il est devenu fou. Tous ses investissements se transformaient en charges lourdes et inutiles. Il y avait consacré plusieurs dizaines de milliards de wons.

— D'où la chute en Bourse des actions de sa société, constata la Coréenne.

— Et surtout la perte de crédibilité qui s'est ensuivie. Il était humilié, et la sortie de ta collection n'était plus que le cadet de ses soucis.

— Comment sais-tu tout cela ? Avais-tu rejoint le cercle de ses intimes ?

— Moi ? Je n'étais que le valet qui trahissait et ne méritait aucune confiance.

— Alors pourquoi es-tu devant moi et pas devant un juge pour consommation illicite de drogue ? Yoon n'a pas transmis la vidéo à la justice ?

— J'avais noué des liens avec un de ses directeurs. Un ancien camarade de promotion de la Seoul National University. Quand M. Yoon m'a convoqué pour me passer à la moulinette, il a remarqué que je connaissais certains des secrets qu'il pensait bien cachés.

— Raison de plus pour te détruire !

— Sa cote dans le monde des affaires et auprès des élites politiques venait de s'effondrer. Deux semaines plus tôt, il m'aurait écrasé d'un simple mouvement de talon. Cependant, il ne contrôlait plus assez ses arrières pour prendre ce risque. C'est donc moi qui ai pris un risque. Je lui ai proposé mon silence contre le sien. Il a accepté. On s'évitait mutuellement des problèmes avec la justice. Ce que je n'avais pas prévu, c'est qu'il t'écrirait pour te dévoiler le rôle que j'avais tenu dans cette triste histoire.

— Mauvaise surprise, n'est-ce pas ? grinça sa directrice.

— Non, pas du tout. Une fois notre pacte de non-agression passé, je ne souhaitais plus qu'une chose, me retrouver devant toi et tout t'avouer. Sans le savoir, il m'a rendu ce service.

Comme la femme ne réagissait pas, il continua :

— Voilà, je t'ai raconté comment je t'ai trahie. Je n'ai plus qu'à me faire à l'idée de dormir en cellule aux frais de l'État coréen.

— Pourquoi ?

— Ne te moque pas de moi, Ye-jin. Comment peux-tu punir mon comportement autrement qu'en m'envoyant devant la justice ?

Les deux anciens amis se fixèrent longuement, puis Lee baissa la tête.

— Je vais te licencier, Jae-won. Je n'en donnerai pas le motif officiel, mais tu seras totalement discrédité en Asie. Si Cha Ye-jin se débarrasse de son plus proche collaborateur, ce n'est pas sans raison. Par contre, tu peux vendre ton appartement à Hannam-dong et aller refaire ta vie aux États-Unis. Plus d'une entreprise sera heureuse de s'attacher tes services.

— Tu ne m'en veux pas ? espéra le jeune homme.

— Si, mais pas au point de détruire ta vie.

44.
L'inauguration – 22 juillet

Le soleil inondait la Provence en ce mercredi de juillet. Un soleil qui invitait à rechercher la fraîcheur d'une ombre apaisante plutôt que d'attendre pendant des heures sous ses rayons ardents l'événement annoncé à grand renfort de publicité dans les journaux régionaux.

Les rares habitants de Salon-de-Provence qui n'avaient pas vu passer la nouvelle ne comprenaient pas l'origine du ralentissement qui gênait la circulation sur l'une des bretelles de l'autoroute A54.

Les terrains vierges de la zone industrielle avaient été transformés en parkings géants et la gendarmerie locale, renforcée par des brigades voisines, s'efforçait de diriger les voitures qui continuaient à arriver.

Seize heures. Si Irène Charmette avait pris sa tension artérielle, l'appareil se serait sans doute déclaré hors service. Le calme apparent de son mari la stressait encore plus qu'il ne la tranquillisait. Jamais, au cours de sa vie professionnelle, elle n'avait organisé un événement aussi extraordinaire. Et jamais elle ne se relancerait dans une pareille opération, elle se le jurait ! Elle s'assura une nouvelle fois que tout était prêt : l'estrade, la sonorisation, la tribune pour les VIP, le buffet à venir et tous les échantillons de savons et produits qu'ils distribueraient aux milliers de fans qui attendaient patiemment. Jamais elle n'aurait pensé que la présence d'invités célèbres déclencherait un tel raz-de-marée humain. Plusieurs télévisions s'étaient déplacées, dont deux chaînes privées coréennes. M. Kim, le représentant de l'agence de tourisme Provence Forever, et sa fille Tae-hee géraient avec maestria toutes les relations avec le Pays du matin calme.

— Alors, tout me semble parfait, chère Irène, se félicita une Cha Ye-jin resplendissante. Le lancement de notre collection Douce France va être un succès planétaire. Je suis tout excitée.

Irène se demanda comment cette femme pouvait rester zen.

À la fin du mois de mai, Drago Pantelic avait officiellement reconnu le meurtre en affirmant qu'il avait mené seul le vol du parchemin. Dès la confirmation de l'inculpation du truand, Cha Ye-jin avait démarré la campagne de promotion de sa gamme de crèmes et savons. Le point d'orgue se déroulerait à Salon-de-Provence, dans l'usine moderne qui produirait ces trésors haut de gamme. Quand Cha Ye-jin avait annoncé son projet à Irène, celle-ci avait affiché un air aussi affolé que celui de Scrat désespérément agrippé à son gland. C'est du moins ainsi que son fils François l'avait décrite après avoir revisionné *L'Âge de glace*.

« Une simple petite cérémonie, avec quelques amis qui nous rejoindront pour ce grand jour », avait déclaré Cha Ye-jin. Simple petite cérémonie ! Le responsable de la sécurité venait de la prévenir que plus de cinq mille personnes s'entassaient sur la zone industrielle pour participer à l'événement ! Quelques dizaines de VIP triés sur le volet par Irène et Cha Ye-jin, mais surtout des hordes de fans en folie qui rêvaient d'entrevoir les fameux « amis » invités par la Coréenne.

Influenceuse et femme d'affaires reconnue, Cha Ye-jin fréquentait le gotha de la société de Séoul. Pour assurer la promotion de Douce France, elle avait sollicité deux célébrités qu'elle avait beaucoup aidées au début de leur carrière. Ces deux acteurs étaient devenus des stars internationales grâce aux *k-dramas*, ces séries coréennes diffusées à travers le monde. Vraiment, Cha Ye-jin avait tapé fort en conviant un des couples les plus en vue du moment ! *Lui*, le sourire charmeur et le cheveu artistiquement en bataille, avait assis sa renommée dans la série *Valentino*, histoire romantico-policière affichant plusieurs centaines de millions de visionnages. *Elle*, l'air conquérant et la silhouette gracile, s'était spécialisée dans les rôles de guerrière et de rebelle. Son succès était tel que près de la moitié des jeunes Coréennes avait adopté son style capillaire. Quand Cha Ye-jin avait annoncé à Irène le nom de leurs invités, la Française était restée de marbre. Puis, après avoir cherché leur pedigree sur internet, elle avait cédé à la panique. Comment allaient-ils gérer la venue de ces idoles dans leur petite ville ?

Les deux acteurs et les VIP avaient débarqué la veille. Leur avion d'affaires s'était posé à Marignane, sans aucune publicité. M. Kim avait privatisé l'hôtel qu'il avait visité deux mois plus tôt. Un efficace mais discret service de sécurité avait été mis sur pied, en sus des habituels gardes du corps des deux stars. Cha Ye-jin craignait toujours un sabotage de dernière seconde orchestré par ses concurrents. La localisation de la délégation avait été gardée secrète. En revanche, en début d'après-midi, l'arrivée d'*Elle* et *Lui* en limousine avait déclenché des vapeurs aux admiratrices et admirateurs présents, pour certains, depuis l'aube.

— Seize heures quinze. C'est l'heure d'entrer en scène, annonça Kim Tae-hee, que la patronne coréenne avait nommée maîtresse de cérémonie.

Irène débrancha son cerveau, décidant que même un infime surplus de pression lui serait fatal. Elle laissa la maquilleuse assurer une retouche pour contrer les effets de la chaleur. Si elle avait réussi à négocier quelques éléments de la fête avec Cha Ye-jin, cette dernière avait néanmoins été inflexible sur le look de chacun des intervenants. La veille, Irène avait passé plus de deux heures entre les mains expertes d'une esthéticienne. Elle ne pensait pas qu'il était possible de consacrer tant de temps à un ravalement de façade. Mais la gamme de produits Douce France serait jugée à l'aune de celles et ceux qui la dévoilaient. *Elle* et *Lui* incarnaient la perfection de la beauté : habitués à l'intransigeance du paraître, ils attendaient depuis plus d'une heure dans une pièce climatisée pour devenir les ambassadeurs de la marque.

— Maintenant !

Irène réprima ses tremblements et une féroce envie de vomir, cela ferait mauvais genre. Elle attrapa la main secourable de sa partenaire et se dirigea vers le podium. Une clameur accueillit leur entrée. Elle était certainement ridicule avec son sourire figé alors que Cha Ye-jin semblait évoluer avec aisance. Mais après tout, elle était savonnière et non pas influenceuse et star des petits et grands écrans. Cha Ye-jin présenta la nouvelle gamme en français, en anglais et en coréen. Des catalogues avaient été distribués à tous les participants, qui pouvaient découvrir les produits en scannant un code-barres et les acheter en même temps que la Coréenne en vantait les bénéfices. Puis, sous une salve d'applaudissements, Cha Ye-jin désigna Irène d'un geste ample. Même si elle n'avait jamais eu la langue dans sa poche, celle-ci se tétanisa. Puis, un rappel à l'ordre dans son oreillette :

— Bon Irène, tu te décides ? On ne va pas y passer tout l'après-midi.

Le ton condescendant de son mari l'agaça et la ramena directement sur terre. Elle attrapa le micro que lui tendait Mlle Kim. Elle s'excusa de ne parler ni anglais ni coréen, reconnaissant ainsi la supériorité de sa partenaire et déclenchant l'amusement du public. Puis, pendant dix minutes, elle raconta la genèse de la fabrication des produits de la gamme Douce France. La femme paniquée avait laissé place à une passionnée qui captait l'attention de son auditoire. C'est sous une nouvelle salve d'applaudissements et le dos trempé de sueur qu'elle rendit la parole à Cha Ye-jin.

— Et maintenant, je voudrais vous présenter ceux qui ont fait confiance à Douce France et qui ont accepté le rôle d'ambassadeurs de cette gamme qui va révolutionner le monde de la beauté.

Une clameur répondit à l'annonce.

— Vous les connaissez déjà ? fit semblant de s'étonner Cha Ye-jin.

La clameur redoubla.

— Tant mieux, cabotina-t-elle, d'autant plus que c'est la première fois qu'ils viennent dans votre magnifique pays. Je compte sur vous pour leur montrer l'accueil formidable que les Français savent réserver à ceux qu'ils aiment.

Un tonnerre de cris qui résonna jusqu'aux contreforts des Alpilles salua les propos louangeurs de la Coréenne.

— Mesdames et messieurs, *ladies and gentlemen, meine Damen und Herren, signore e signori, yeoreobun... Elle* et *Lui* !

L'arrivée du roi Charles IX en 1564 ou celle de Zinedine Zidane pour un match de gala n'auraient pas déclenché la moitié de la ferveur du jour. Le sourire aux lèvres, l'œil vif, les deux stars apparurent à leur tour sur le podium. Après cinq minutes de photos, elles ânonnèrent quelques mots en français puis se lancèrent en coréen dans la promotion de la gamme Douce France. Même s'ils ne comprenaient rien, les fans applaudissaient à tout rompre les tirades qui leur semblaient humoristiques. À la demande de Cha Ye-jin, les Charmette avaient fait construire une jetée qui s'avançait au milieu de la foule. Suivant les conseils avisés de leur partenaire, ils y avaient intégré des affiches publicitaires qui vanteraient leurs produits aux quatre coins de la planète. Les deux vedettes s'y engagèrent, déclenchant une vague de photos et selfies qui saturèrent les réseaux sociaux. Irène poussa un soupir de soulagement. Le plus dur était derrière elle.

45.
Épilogue – 22 juillet

Margot Garcia n'arrivait plus à fermer la bouche. La main qui lui secoua l'épaule et lui tendit un verre de champagne tenta de la sortir de son rêve éveillé. Elle accepta la coupe : aujourd'hui, elle n'était pas en service.

Elle avait eu la chance d'être ajoutée par Irène Charmette à la liste des cent personnalités privilégiées conviées au cocktail tenu en présence d'*Elle* et de *Lui*. Une salle de l'usine avait été spécialement redécorée aux couleurs de la Provence. Des oliviers en pot avaient été installés par un paysagiste qui avait même apporté de vraies cigales. Seul le souffle d'une climatisation remplaçait les rafales du mistral qui balayait la plaine.

— Reviens avec nous, Margot !

L'air absent, Margot regarda la brunette aux cheveux courts qui essayait de la faire atterrir. Mais comment oublier ces instants magiques ? *Elle* et *Lui* tournaient au milieu des invités et réalisaient des selfies avec ceux qui le souhaitaient. Margot n'aurait jamais pensé un jour pouvoir poser son bras sur les épaules de son idole. Quand il avait passé le sien autour de sa taille, elle avait cru défaillir. Sophia Samaras avait pris une rafale de photos que Margot ne mettrait pas sur la toile. Elle veillait à protéger sa vie privée, même si elle le regrettait particulièrement ce soir. Pas grave, elle pourrait quand même faire baver ses copines de la danse après leur cours de vendredi prochain.

— C'est trop sympa de la part de Mme Charmette de nous avoir invitées, tu ne trouves pas ? demanda Sophia.

— C'est top ! Elle voulait vraiment nous remercier, et c'est aussi un hommage qu'elle rend à Matthias.

Le visage bronzé de Sophia se ferma.

— Il aurait été dans son élément, ici. Dire qu'il pourrait être parmi nous si…

— Écoute Sophia, on en a déjà parlé plusieurs fois. Quand il a accepté la proposition de Mancini, rien ne laissait penser que cela finirait par un meurtre. Et ce n'est pas toi qui tenais le couteau, si ? Alors, sois reconnaissante et profite de ce qu'il t'a indirectement offert. Regarde autour de toi, le plus beau cadeau que tu puisses lui faire, là où il est, c'est d'apprécier ce que te donne l'existence.

— Tu as raison. Merci de me le rappeler.

Durant les jours qui avaient suivi l'arrestation de Pantelic, la policière avait passé du temps avec Sophia. Elles avaient peu à peu sympathisé. Margot avait toutefois gardé de la distance avec Zoé Malaterre, non parce qu'elle se méfiait de la jeune femme, mais parce qu'elle ne pouvait pas s'afficher avec quelqu'un de la famille de Mancini. Zoé l'avait compris.

— J'ai enfin pu finaliser mon projet en Grèce, annonça Sophia en retrouvant le sourire. On s'est associées avec

Zoé, et elle a refusé tout centime de son beau-père. On veut une comptabilité transparente !

— Je suis heureuse pour toi, pour vous. Alors, quand partez-vous vous exiler dans des îles paradisiaques ?

— On s'y rendra trois à quatre fois par an, mais la plupart de nos activités se feront de France. Et elles ne devraient pas nous occuper plus d'une journée par semaine.

— Tu vas donc reprendre du service dans les bars ?

— Pas question d'y remettre les pieds, sauf pour boire un café avec des amis. Julie Panisse a donné sa démission chez Garlaban. Elle a l'air d'avoir rencontré quelqu'un de bien, ou en tout cas semble amoureuse... Du coup, le poste était vacant. Mme Charmette me l'a proposé. Je l'ai évidemment accepté tout de suite.

— Bravo, Sophia. Je suis sûre que tu vas assurer.

— Et puis... et puis j'ai fait ce que tu m'avais suggéré. Rencontrer Madeleine Venasque. Pas facile, mais on s'est expliquées. Ça lui a finalement fait plaisir de reparler de Matthias et de découvrir que je n'étais pas la profiteuse qu'elle imaginait. Elle a même demandé qu'on se revoie... Je pense que je la rappellerai un jour. Et de ton côté, avec Bercacci ?

— Il est toujours en Bretagne, et d'après les bruits de couloir, il déguste grave, là-bas. À mon avis, il ne devrait pas tarder à donner sa démission.

— Pourvu qu'il ne revienne pas !

— Il est grillé à Marseille. Dans le milieu et dans le monde politique, tout se sait. Il a une étiquette « triquard » dans le dos, et personne ne voudra bosser avec lui. Papa ou maman Bercacci vont lui trouver un petit boulot bien peinard avec leurs relations, et il ira exercer son petit pouvoir dans des petits bureaux.

— Je le détestais, ce type, cracha Sophia.

— Il me prenait pour une demeurée, moi aussi... Allez, on s'envoie un autre verre de champagne ? Je ne bois pas du Charles Heidsieck tous les jours.

— Moi non plus. Et faisons honneur aux canapés au foie gras qui approchent.

Comme elles vidaient le plateau présenté par un serveur déguisé en pâtre provençal, une étrange idée de Mlle Kim, Irène Charmette les rejoignit, le visage las mais les yeux pétillants.

— *Il* est beau, n'est-ce pas ?

Devant l'air interrogateur des deux filles, elle précisa :

— Vous avez raison, *Il* n'est pas beau, *Il* est canon ! Et j'ai vu que Jean-Louis avait retrouvé les quelques phrases de coréen qu'il connaissait en babillant avec *Elle*.

Margot et Sophia éclatèrent de rire.

— Oui, *Il* est vraiment à tomber, reconnut Margot. Merci pour votre invitation, jamais je n'aurais imaginé pouvoir le rencontrer, et encore moins sentir sa hanche contre la mienne.

— Si vous ne nous aviez pas sauvés en intervenant chez nous, nous n'aurions pas eu la chance d'organiser ce gala et de le jeter dans vos bras. Vous formeriez d'ailleurs un joli couple.

Margot ne sut comment prendre la remarque, et à sa grande honte, elle rougit.

— Et le parchemin, qu'en avez-vous fait ? l'interrogea-t-elle pour changer de conversation.

— Nous l'avons offert à la bibliothèque de Salon. Pas question d'exploiter cette relique qui a semé le malheur.

Un silence recueilli ponctua l'annonce d'Irène.

— Et maintenant, profitez bien de cette petite fête… et n'oubliez pas d'emporter un panier garni Douce France quand vous nous quitterez. Jean-Louis a absolument voulu y ajouter ses santons. Je vous laisse, je vois qu'on m'attend pour la photo officielle… vous pensez que je peux caresser l'espoir de voler une bise de *Lui* ?

FIN

Remerciements

Nous tenons donc à remercier Irène et Jean-Louis, de vrais passionnés qui ont su nous transmettre à la fois la tradition encore vivace et les innovations qui se cachent derrière le fameux savon de Marseille.

Nous remercions aussi Caroline, notre éditrice qui nous accompagne depuis nos débuts sur la série *Bretzel et beurre salé.* Elle a relevé le pari de vous faire partager cette aventure provençale. Ses conseils et son enthousiasme nous sont précieux.

Un grand merci à celles et ceux qui nous soutiennent dans la très belle maison d'édition qu'est Calmann-Lévy : Philippe et Camille, qui ont pris la décision de nous y accueillir, Lara qui a travaillé avec nous sur ce roman, Mélanie et Valérie qui mettent nos titres en avant dans les médias, Solène et Virginie qui les promeuvent chez les libraires, Antoine qui nous permet de participer à des salons littéraires et gère toute la logistique, Adeline, Doriane et Victor qui assurent le marketing et la visibilité sur les réseaux sociaux, Charlotte, Nadine et Emma qui nous escortent au cours de nos rencontres avec les lecteurs… et bien d'autres que nous n'avons pas cités. Cette liste peut paraître longue, mais elle montre qu'un roman est aussi une magnifique aventure humaine.

Merci à tous les libraires qui ont aimé nos livres et les proposent aux lecteurs. Vous êtes un maillon essentiel de leur succès.

Nous tenons aussi à remercier les chroniqueuses et chroniqueurs qui parlent de nos romans sur la toile et les font connaître. Vous faites un superbe travail, et nous savons que vous y consacrez beaucoup de temps. Nous découvrons toujours avec joie vos différents retours et les visuels qui les accompagnent.

Enfin, à tout seigneur, tout honneur : merci à vous, chère lectrice ou cher lecteur, qui avez lu ce livre et redonné vie aux personnages que nous avons pris plaisir à créer pour vous.

À propos des auteurs

Le projet d'écrire ce roman est né un jour de mai, sous le soleil de Provence, à l'ombre d'un platane et un verre de rosé à la main. Nous passions un week-end à Salon-de-Provence chez Irène et Jean-Louis (quelle coïncidence, nous direz-vous), des amis propriétaires de la savonnerie Rampal-Latour.

Créer une fiction autour du savon de Marseille est d'abord apparu comme une boutade, mais après la visite de l'usine et du musée Rampal (que vous pouvez aussi visiter si cette histoire vous a intrigués) ainsi que la découverte de la jolie ville de Salon-de-Provence, les idées ont commencé à germer. Un meurtre, l'aventure centenaire du savon de Marseille, le fantôme de Nostradamus, les spécialités provençales et la beauté des Alpilles : il y avait là de quoi faire une histoire. Six mois plus tard, nous en avons posé les premiers mots et vous venez de la terminer.

Le genre du *cosy mystery* n'est pas une première pour nous. Nous prenons plaisir à écrire une série policière et humoristique qui se déroule en Bretagne et qui porte le doux nom de *Bretzel et beurre salé*.

Sous le nom de Jacques Vandroux, nous avons déjà publié plusieurs thrillers et fidélisé de très nombreux lecteurs. Jean/Jacques en tant qu'auteur et Margot/ Jacqueline en tant que relectrice et éditrice.

Tous les deux ingénieurs en semaine, cette activité littéraire nous ouvre d'autres perspectives, pleines de surprises et de belles rencontres.

Pour contacter les auteurs : margot.et.jean@gmail.com

Des mêmes auteurs

Sous le nom de Margot et Jean Le Moal

Bretzel et beurre salé, tome 1 : *Une enquête à Locmaria*, Calmann-Lévy, 2021

Bretzel et beurre salé, tome 2 : *Une pilule difficile à avaler*, Calmann-Lévy, 2021

Bretzel et beurre salé, tome 3 : *L'habit ne fait pas le moine*, Calmann-Lévy, 2022

Bretzel et beurre salé, tome 4 : *Loin des yeux, loin du cœur*, Calmann-Lévy, 2023

Bretzel et beurre salé, tome 5 : *Bien mal acquis ne profite jamais*, Calmann-Lévy, 2024

Sous le nom de Jacques Vandroux

Multiplication, roman, Vandroux, 2012

Les Pierres couchées, roman, Vandroux, 2012

Décollage imminent, nouvelle, Vandroux, 2012

Les Enchères, nouvelle, Vandroux, 2015

Projet Anastasis, roman, Robert Laffont 2017, Pocket, 2018

Le Sceau des sorcières, roman, Robert Laffont, 2017

Au cœur du solstice, roman, Robert Laffont 2018, Pocket, 2019

La Messe des morts, roman, Vandroux, 2018

Jeanne, roman, Vandroux, 2018

Le Testament de l'alchimiste, roman, Vandroux, 2020

Hier sera un autre jour, roman, Vandroux, 2024

Photocomposition Nord Compo à Villeneuve-d'Ascq

Achevé d'imprimer en septembre 2024
par CPI BRODARD & TAUPIN (72200 La Flèche)
pour le compte des Éditions Calmann-Lévy
21, rue du Montparnasse, 75006 Paris

PAPIER CERTIFIÉ

N° d'éditeur : 3235054/01
N° d'imprimeur : 3058523
Dépôt légal : octobre 2024
Imprimé en France.